「これでも足りない？」
相《あい》坂《さか》茉《まつ》莉《り》
主人公の同級生。
明るく誰にでも優しいギャル。

EMU HONMA

本間絵夢《ほんまえむ》
クールでお嬢様な後輩。
陰で『氷の女王』と呼ばれている。
SAIMIN APP

「まだしてあげる」
我《あが》妻《つま》才《さい》華《か》
主人公の同級生。周りと関わりを持たない地味系隠れ美少女。

手に入れた催眠アプリで夢のハーレム生活を送りたい

みょん

角川スニーカー文庫

24116

CONTENTS

著者：みょん

イラストレーター：マッパニナッタ

デザイン：AFTERGLOW

一章

催眠アプリとの出会いだぜぇ！

SAIMIN APP de yumeno HAREM seikatsu

最近、俺にはハマっているものがある。

それは正に俺の中での流行となりトレンドとなり……あ、意味は一緒だったか……ええい！　そんなツッコミはどうでも良い！

「それではここの問題を――」

耳に入る先生の声すらも彼方《かなた》へ置き去りにするが如く、俺はとあることを考えていた。

……そう！　最近俺がハマっているものについてだ！

（まさか、ふと目にした広告からこうなるなんてなぁ）

さて、何に俺がハマっているのか――それは催眠アプリ物の話だ。

適当にネットサーフィンをしていた時に目に入ったちょっとだけエッチな漫画の広告……もちろんドエロイのもあるのだが、とにかく俺はその催眠アプリ物にハマってしまった。

「……ふぅ」

ついため息が零《こぼ》れる。

大事な授業の時間に何を考えてんだって話だけど、それでも今の俺の中に渦巻くこのトレンドを語らずにはいられない。

催眠アプリ……それは他者を意のままに操る力だ。

自分の匙加減《さじかげん》でどんなことさえも他者に強要する力……出来ることは沢山あるだろうけれど、漫画で見たようなムフフでエッチなことを俺は心からしたい……したいしされたいしされたいしししたい！

……なんてことを考えたけど現実はそう甘くなんてない。

漫画やアニメを見て異世界への転生だったり、ラブコメの主人公みたいに可愛《かわい》いヒロインと淡い恋愛をしたい……そういった憧れを抱く人が居るように、俺のように特殊な力に憧れる人だって居るはずだ。

だがしかし、二度目になるがここは現実世界――そんな都合の良い力なんて存在するわけがないんだ。

▼▽

高校生、それは青春真《ま》っ只中《ただなか》の大事な時期だ。

学生として勉学に励むのはもちろんだが、恋人を作り共にストロベリーのような甘い時間を過ごすのも青春の醍醐味《だいごみ》だろうか。

……まあ、俺には程遠い話ではあるけどな！

「はぁ……」

「どうしたよ」

「辛気臭い溜息《ためいき》だな？」

高校進学に伴って知り合い、三年生になった今までずっと同じクラスの友人が視線を向けてきた。

「いや、すまん。ちょい考え事をさ」

そう言うと、なんだなんだと二人は近付いてくる。

親友……と言うと少し恥ずかしい気もするが、俺にとってこの二人は一番仲の良い友達と言っても過言じゃない。

「考え事？　何か悩みかよ」

そう言ったのは向井《むかい》晃《あきら》――悔しいことに中々イケてる面をした男子。サッカー部に所属しておりエースとまでは行かないまでも、試合に出たらそれなりに活躍する奴《やつ》だ。

「ほれ、話してみ話してみ」

そして、晃と並んで興味津々なのが遠藤省吾《えんどうしょうご》。

ポッチャリ体型がトレードマークで本人も良くネタにしているほど、更に言えば凄《すさ》まじいまでのオタクで、こいつの部屋にはアニメのポスターやフィギュアが沢山飾ってある。

「あ〜……マジでただの考え事だよ」

それなら良いんだがと気にしないでくれる二人に感謝しつつ、俺はトイレに行きたくなったので席を立った。

「漏らすなよ甲斐《かい》」

「わあってるよ」

んなことがあったら俺はもう恥ずかしくて学校に来れねえよ。

ケラケラと笑う二人に背を向け、特に寄り道をすることなくトイレに真っ直《ま》ぐ《す》向かった。

「……ふぅ」

トイレを済ませ、スッキリした気分と共に教室へと戻ろうとした時だ。

「ねえ茉莉《まつり》、今日はどうする？」

「う〜ん……どうしよっかなぁ」

とある女子の姿が目に入った。

彼女らはクラスメイトなので、よく目にするのはもちろんだが……その中でも特に一人の女子が目立っていた。

(相坂《あいさか》かぁ……相変わらず美人だよなあいつ)

相坂茉莉——俺的にクラスメイトの中でも……いや、俺が通うこの学校の中でもレベルの高い女子だと思っている。

明るい色の髪と校則に触れない程度の化粧、着崩した制服などから分かるように彼女は所謂《いわゆる》ギャルという奴だ。

ギャル特有の明るさはもちろんだが、とにかく彼女は友達が多い。

ふと朝に目が合ったりすれば挨拶をしてくれる時もあったりして、それもあってか彼女は本当に人気がある……そして何より!

(……スタイル最高かよ)

そう！　相坂はとにかくスタイルが良いんだ。

相坂の魅力とは何かと問われたら多くの要素があるけれど、俺的にはやっぱりその服を押し上げる大きな胸！

クラスメイトの男連中が彼女のスタイルを持て囃《はや》しているし、実際に俺もそう思う……もちろんそれを分かりやすく口に出したことはないが。

「うん？　どうしたの真崎《まさき》君」

「っ……いや、何でもない」

つい、ジッと見てしまったことで彼女に気付かれた。相坂を筆頭に他の女子たちにも見つめられ、俺は少しビクッと肩を震わせたが何とか言葉を絞り出すことが出来た。

「そっか。目が合っちゃったから反応しちゃった」

「ごめん、話の腰を折っちゃったか」

「謝ることはないよ。ね、みんな」

相坂の問いかけに女子たちは頷《うなず》いた。

彼女たちは俺の存在によって会話が遮られたというのに、特に不快そうな表情はしていない。

そう……これもまた相坂が人気の秘訣《ひけつ》だ。

彼女は確かにギャル、それは彼女自身もそんなもんだと公言しているが何より気配り上手なんだ。

(オタクに優しいギャルって感じだよな……だからモテるんだろうけど)

噂《うわさ》じゃ他所の高校に彼氏が居るとか……ったく、こんな子を彼女に出来るとかどこの幸せ者だよクソッタレ。

世の中不公平だ……なんて騒ぐつもりもない。

結局、行動するかどうかの違いでしかないからなぁ……俺は今まで行動していなかっただけの結果だ。

「それじゃ」

「うん。じゃあね～」

教室に戻り、次の授業が始まるまで俺は考え事に耽《ふけ》る。

(もしも催眠アプリなんてものがあったら……ああいう子にエッチなことをしたいなって考えちまうな)

やれやれ、あんな風に接してくれた女の子にこんなことを考えるんだから俺って外道だわ。

でも……想像してしまうのも仕方ない。

何をしてもバレることがないのなら……あんなスタイル抜群の美少女に好き勝手したいって思っちゃうだろ。

……はぁ、次の授業に集中しよっと。

放課後になり、同じ帰宅部の省吾と共に本屋に行ったりして時間を潰した。

「じゃあな」

「おうよ」

省吾と別れ帰路に就く……かと思いきや、母さんから少しばかり買い出しのお願いが届いていたことに気付く。

「戻らないとだな……よしっ、行くとすっか」

少々面倒だが、よっぽどのことがない限り母さんの頼みは断らない。

まあ……俺に頼む前に大学が早く終わった姉ちゃんに頼んだみたいだけど、俺に回ってきたということは面倒くさがったんだろう。

それから俺は母さんの指令を忠実に遂行した後、さあ帰ろうかとなったところで少しばかり騒々しい場面に遭遇した。

「ちょっと、離してよ！」

「良いじゃねえか。おら、このまま帰るのもあれだろ？」

「うるさい！　本当にしつこい！」

痴情のもつれ……というには少し違うか。

一組の男女が軽い取っ組み合いをしており、こんな街中で騒がしくするなよと呆《あき》れてしまうが、女性の方が困っているのは火を見るより明らかだけど通行人はみんな見て見ぬふりをしている。

「……助けてやれよ、なんて思うけど面倒事には関わりたくないもんな」

所詮、俺や道行く人にとってあれは関係の無いものだ。

俺は騒ぎからすぐに離れて交番に向かい、女性が男性に肩を摑《つか》まれて口論になっていることを伝えて助けに行ってもらった。

「はぁ、度胸の無い俺にはこういうことしか出来ないよ」

本当ならああいう場面で、正義のヒーローのように止《や》めろと間に割って入れたら恰好《かっこう》が付くんだろうけど。

俺はしばらくその場でお巡りさんが向かった先を眺めた後、ここまで響いていた喧騒《けんそう》が僅かに止んだのを感じて今度こそ家へと帰った。

ただ……その帰りの途中、僅かに暗くなった空を見て一言呟《つぶや》く。

「……結局、こうして高校三年にもなって彼女は居なくて催眠アプリのことを想像するしかない俺……そりゃ付き合えるわけないですわ」

あれ……何だろう。

実際に流れてはいないのに、頬を涙が伝った気がした……悲しい。

▼▽

「ありがとう甲斐、助かったわ」

「ういー。それじゃあ俺、風呂行ってくる」

母さんにそう告げ、俺は風呂へと向かいのんびりした時間を過ごす。

そして改めて部屋に戻った際――俺はおやっと首を傾《かし》げる物がスマホにあることに気付いた。

「……え？　なんだこれ」

それは全く見覚えのないアプリだった。

こんなハートマーク……それこそ出会い系みたいなアプリだけど、俺の名誉のために言わせてもらえばこんなものは今までなかったはずだし、女の子との青春に飢えているとはいえこんなものに頼る度胸すらないんだから俺には。

しかし、問題はその後だ。

しっかりとそのアプリの下に記された名前……それが俺の興味を一瞬にして駆り立て、同時に俺を困惑させた。

「催眠……アプリ？」

そう……このアプリの名前は催眠アプリと記されていた。

俺は思わず自分以外に誰も居るはずがないのに、スマホの画面を隠すようにしながらチラチラと辺りを確認し、再びじっくりと画面に目を向けて叫んだ。

「催眠アプリだぁ⁉」

その瞬間、ドンと隣の部屋から壁を殴る音が聞こえたので俺は即座に口を噤《つぐ》んだ。

でも……でもでもでも！

これは仕方なくないか⁉　だっていきなり俺の知らない間にこんな意味不明なアプリがあったんだぞ⁉　まあ意味不明というかちゃんと催眠アプリって出てるけど……えぇ⁉

「……って、何を興奮してんだよ俺」

すんっと、俺は正気に戻った。

どうしてこんなものが俺のスマホにインストールされているのかは分からないが、そもそもいくら欲しいなって思っていた催眠アプリであってもこの世に存在するわけがない
……こんなものがあったらこの世界終わりだろマジで。

「ふっ、ふん！　俺はもう高校三年生だぞ？　進学するか就職するかの選択を迫られる年頃だ。そんな俺が、こんな分かりやすくあり得ない代物に惑わされるわけなかろうがい」

まあでも見ちゃうよ男の子だもん。

ウィルスの仕業か、若しくは誰かの悪戯《いたずら》か……それが最初に気にはなったけど俺は好奇心を抑えられなかったんだ。

「おぉ……起動した？」

スッと、普通にアプリが起動する。

そうして最初に画面に浮かんだのはこのアプリに関する説明文……のようなものだった。

♡　♡　♡

この催眠アプリは必ず使いたい人の前で起動してください。起動した瞬間、対象者はあなたの言葉に従うようになります。

解除ボタンを押す、或《あ》るいは一定時間の経過や端末の電源が落ちることで催眠状態は解除されます。

♡　♡　♡

妖しい桃色の文字が俺にそう伝えてくる。

なるほど……これは正に催眠アプリの説明であり、こういう力があるのだと簡単だが分かった。

俺はそれをしばらく見つめ続け……ポイッとスマホをベッドの上へと投げた。

「……はぁ、何を期待してんだか」

やっぱりこんなものはあり得ないだろうと冷静になったものの、俺の視線は投げられたスマホから逸《そ》れることはなく……程なくして再びスマホを手に取った。

「……本物なのか？」

信じてはいない……それは当たり前だ。

けれどももしもこれが本物だとしたら俺は果たして、どれほどに望んだ力を手に入れることが出来るのだろうか。

「いやいや！　あり得ないって……絶対にあり得ない！」

そう……絶対にあり得ない。

そんなことは頭で分かり切っているのに、それでも物は試しにと触ってみたい欲は抑えられなかった。

しばらく悩み続け……最終的に俺はスマホを手に隣の部屋――姉ちゃんの下へと向かう。

「姉ちゃん入って良いかぁ？」

「どうぞ」

返事をもらえたので中へ入る。

少し散らかっている俺の部屋と違い片付いており、ベッドの上に大量に置かれている可愛《かわい》い人形たちが目に入る。

部屋に入った俺に視線を向けることなく、椅子に座って勉強しているのが姉の都《みやこ》だ。

「何の用？　というかアンタ、さっき大声出してたわね？　思わず殴り込みに行くところだったわ」

「ご、ごめん……」

こっちを見ていないのに感じる威圧感……流石《さすが》俺の姉ちゃんだ。

姉ちゃんは中学生に見間違われるほどに小さい人だが、俺より二つ上の大学生で長く綺《き》麗《れい》な黒髪がトレードマークだ。

そして何よりとても勇ましい性格をしていて、俺は姉ちゃんに何があっても頭が上がらない。

「……ふう、これで一段落と……で？」

勉強が終わったのか、姉ちゃんは体をこちらに向けた。

殴り込みに行くと口にはしていたけど、俺を見つめる姉ちゃんは別に怒っている様子はない……ほんと、何だかんだでいつも優しい姉ちゃんだ。

「えっと……いきなりごめん姉ちゃん」

「良いよ別に。それで、何の用なの？」

姉ちゃんにそう言われ、俺は姉ちゃんの正面に立った。

（これからやることはただ、自分にこんなものはないと知らしめるためのもの……現実を思い知らせるだけだ）

でも……それはそれで残念だと思いつつスマホを取り出した。

首を傾げる姉ちゃんを前に、俺は催眠アプリを起動する……すると、まさかの事態に発展するのだった。

「…………」

「……姉ちゃん？」

突然、姉ちゃんが何も喋《しゃべ》らなくなった。

変わらず俺を見つめているのだが、どこか目が虚《うつ》ろというか……心ここにあらずといった具合である。

「……え？」

なんだこれ……何が起きてるんだ？

困惑と混乱の極みに居るのは確かなのだが、姉ちゃんの様子が心配になって肩を揺らす。

「姉ちゃん？　どうしちまったんだよ……」

最初は軽く、しかし徐々に強く肩を揺らしても姉ちゃんは反応しない。

瞬《まばた》き程度はしているがやはり目は虚ろで……そこで俺はハッとするようにスマホの画面を覗《のぞ》き込む。

「まさか……」

画面で起動しているのは催眠アプリ……え？　嘘《うそ》だろ……？

つい姉ちゃんから視線を外し、マジマジとスマホを覗き込む……確かにアプリのターゲットは姉ちゃんになっていて、嘘かまことか姉ちゃんが催眠状態になっていることを俺に教えてくれる。

「……ごくっ」

思わず唾を呑《の》んだ。

俺は二度、三度とスマホと姉ちゃんとの間で視線を行き来させ……俺は姉ちゃんにこう言った。

「右手を……上げて」

「うん」

姉ちゃんはスッと右手を上げた。

一切表情を変えることがない姉ちゃんは少々不気味だが、俺はずっと小さな頃から一緒だったからこそ分かる——姉ちゃんは俺の頼みとはいえ、突然こんなことを言ったらまず疑問に思いどういうことなのかと聞いてくるはず。

もしかしたら揶揄《からか》っているだとか、気紛《きまぐ》れの可能性もあるにはあるけれど……姉ちゃんはボーッとしたままだ。

「左手を上げて」

「うん」

やっぱり……姉ちゃんは俺の言う通りに動く。

「まさか……本物？」

本物なのか……？

こんなあり得てはならない力が本当に存在している……？

信じられない……絶対に信じられないけれど、こんなあまりにも分かりやすい変化が姉ちゃんに起きて、今も実際にそれは続いている。

俺は啞然《あぜん》としながらもスマホを操作し、催眠を終了した。

「……あれ？　私、何かしてた？」

先程までのボーッとした様子から姉ちゃんは即座に復帰し、自分が今まで何をしていたのか全く覚えていないみたいだ。

「えっと……その、何でもない！　ごめん姉ちゃん！」

「あ、甲斐？」

俺は風になるが如く姉ちゃんの部屋から撤退する。

その後、姉ちゃんが追ってくることはなかったし部屋の外から声を掛けられることもなかった。

ベッドの上で毛布を頭から被り、暗闇の中でスマホを見つめる。

心臓がドクドクと強く鼓動していることから、俺は今とてつもなく興奮しているのが分かる。

「本物……本物なのかこれは⁉」

この力……この催眠アプリはもしかしたら本物かもしれない！

もちろんまだまだ知らなければいけないこと、そして調べないといけないことはあるはずなのに、俺はこの力を手に入れたという事実に喜びという衝動を抑えられない。

「催眠アプリ……おいおいおいおいおいおいおい‼」

この力があれば、俺はどんなことでも出来るかもしれない――これが俺の催眠アプリとの出会いであり、真崎甲斐としての人生がこれでもかというほどひっくり返る瞬間だった。

二章　同級生を操るぜぇ！

SAIMIN APP de yumeno HAREM seikatsu

「……ふへっ」

おっと、マズイマズイ。

俺は今の気持ち悪い笑みが人に見られていないかを確認し、こちらを見ている人が誰も居ないことに安心する。

高揚する気持ちを抑えるように深呼吸した後、俺は街へ繰り出した。

（催眠アプリ……本物だ）

ここ数日……そこまで多い頻度ではないが、俺のスマホに突如宿った催眠アプリについての検証を行っていた。

そのおかげで分かったこと……至極明快な答えの一つだけど、この催眠アプリは間違いなく本物だということだ。

姉ちゃんに試したように手を上げてもらったり、俺が指示した言葉を口にしてもらったり、或いは軽く歩いてもらったり……そんなことまでこの催眠アプリは可能だった。

（……これ、やれるんじゃないか……っ⁉）

俺、めっちゃ鼻息荒くなってる気がする。

まだまだこの催眠アプリについて知りたいこと、試したいことは沢山あるけれど、やはりこれほどの力を手に入れたとなれば俺は……俺は心から望むことを好き勝手したい！

あんなことやこんなことをしたいんだよ俺は‼

とはいえ、こんな風に落ち着きがないというか調子に乗っていたから俺はやってしまった。

「おっとそこのお爺《じい》ちゃん」

更なる検証というよりは改めてこの力を使いたかったせいもあり、杖《つえ》を突いて散歩をしていたお爺ちゃんに対し……ちょっと走ってみてほしいと俺は命令をした。

お爺ちゃんは杖を投げ捨てるが如く走り出そうとしたので、俺は慌ててそんなことはしなくて良いと止めに入る。

「や、やっぱり良いから！　お爺ちゃん、体は大事にしようぜ」

どの口が言ってんだって話だが、虚ろな目をしたお爺ちゃんは一つ頷《うなず》いて走り出そうとしたのを止めた……ふう、おっかねえ力だぜこいつは。

「わ、儂《わし》は一体……むっ？　杖なしで歩け……いたたっ！」

「大丈夫かお爺ちゃん！」

結局、お爺ちゃんの腰が良くなるまでずっと擦《さす》っていた。

俺が試したいからという理由で催眠を使ったというのに、お爺ちゃんは俺に大変感謝をした様子で……う～ん、あんなに感謝されると逆に良心の呵責《かしやく》に苛《さいな》まれる……ええい！

俺はこの力を手に入れた時点で好き勝手すると！　外道になると決めたじゃないか……そうだろう甲斐《かい》⁉

「……ふぅ、落ち着いたぜ」

小さくそう呟き、俺はようやく歩き出した。

俺が向かった先は人通りの多い駅前ということで、休日なのもあってか獲物が無防備に歩いている。

「……獲物て」

まあ、今の俺からすれば俺以外の全ての人間が獲物みたいなもんだ。

とはいえスマホを見ながら辺りをウロウロしてたら怪しまれる可能性もあるので、俺は出来るだけ平静を装うように視線を巡らせていく。

先程お爺ちゃんに対してアプリを使ったが、今度こそ再び検証のために使おうとしたその時だった。

「甲斐、何をしてるの？」

「っ⁉」

突如、背後から聞こえた声に俺は思いっきり肩を揺らした。

咄嗟《とっさ》に振り向いた先に居たのは姉ちゃんで、一緒の大学に通う友人の女性たちと一緒だ。

「ね、姉ちゃん……」

「……どうしたの？　随分と驚いてるみたいだけど」

「い、いやぁ何でもないよ！　うん！　マジで何でもないから！」

バレないと分かってるのについスマホを隠してしまい、姉ちゃんはニヤリと笑った。

「アンタもしかしてスマホでエッチな画像でも見てたの？」

「何言ってんだよ姉ちゃん！」

いきなり何言ってんだこの姉は！

姉ちゃんの言葉にお友達のお姉さま方がクスクスと笑い、俺は居た堪《たま》れなくなって下を向く。

「あ〜ごめんごめん。ちょっと悪い方向で揶揄いすぎたね」

「……ほんとだよ」

必死に背伸びをして頭を撫《な》でてこようとする姉ちゃん。

俺はそんな姉ちゃんを気遣うように少しばかり屈《かが》んで撫でやすい体勢を取ってあげると、姉ちゃんは嬉《うれ》しそうに笑った。

「いやぁ我が弟は良い子だねぇ」

「しなかったらしなかったで家で怖いし」

「あ？」

「何でもないっす」

見てくれお姉さま方、これがうちの姉ちゃんの素顔だ。

「これが都の弟君かぁ」

「いつも楽しそうに話してるもんねぇ」

「溺愛したくなる気持ちも少し分かるかも？」

お、意外と俺のことも好感触だぞ？

全てにおいて小さい姉ちゃんと違って、このお姉さま方はみんなスタイルが良い……俺は一瞬、やっぱり催眠を掛けるならこういう人たちだよなって思ったけど、姉ちゃんの友人だしナシだな！

「つうか姉ちゃん朝早くに出たけど遊んでたんだ？」

「買い物が主だけどね。朝っぱらこいつらの着せ替え人形にされて疲れたわ〜」

「あ〜……」

姉ちゃんが着せ替え人形にされている状況が容易に想像出来てしまい、ちょっと笑ってしまったのだが軽く脛を蹴られてしまった。

別に痛くはなかったがここは痛がるフリをしておこう。

「痛がるフリしても分かるからね？」

「流石《さすが》姉ちゃん手強《てごわ》いな」

伊達《だて》に十何年も一緒に生活してはいないということか。

姉ちゃんの方もまだまだ買い物の途中らしく、友人を連れて歩いて行ったのだが……俺はそんな姉ちゃんたちを見て一言。

「……まるで大勢の保護者が居るみたいだ」

こんなこと本人の前で言ったら殺されるし、いざ勇気を出して口にしようものなら……考えるだけで怖いや。

「っと、俺は俺の使命を果たさなければ！」

ふんすと気合を入れ、俺は自らの使命である検証を開始した。

先程姉ちゃんに会ったように、誰か俺を知る人に会うこともなく検証はスムーズに進んでいき、この催眠アプリに対する理解がどんどんと深まっていった。

(気を付けるべきはアプリ起動中における充電の減りと、三人までしか同時に催眠を掛けられない。そして誰かに掛けている間に別の誰かに掛ける時は一度解除する必要がある……なるほどなるほど)

しっかし……こうして考えている時もそうだけど、実際にこのアプリを使っている今もまだ信じられない――本当にこの世にこんな力が存在しているんだなって。

「……お？」

そんな風に考え事をしていた時だ。

俺の目の前を物凄《ものすご》く色っぽい大人の女性が歩いており、少しばかりとはいえ胸元を見せる服装のせいか、一瞬その豊満な胸の谷間が盛大にこんにちはをかましてきやがった。

俺はそんな女性に視線を向けたまま、気付けば催眠アプリの力を行使していた。

「こっちに……来てください」

「分かったわ」

催眠状態の女性は俺に言われるがまま付いてくる。

こういう時に敬語なんて要らないだろって思うけれど、やはりこれだけドキドキさせてくる女性が相手だと緊張してしまうのだ。

派手な女性と子供の俺……おそらく周りからすれば不思議な組み合わせに見えるだろうが、俺は出来るだけ気にすることなく女性を連れて路地裏へと入り込んだ。

「っ……やっべえ凄い緊張する」

ドクンドクンと心臓の音がうるさい……俺は女性の視線を気にするように目を向けるが、やはりそこにはボーッとした様子の女性しか居ない。

「…………」

落ち着けよ甲斐、欲望に忠実になれ。

そう俺は自分自身を励まし鼓舞する――目の前の女性は何も抵抗せず、俺の意のままなのだから。

俺は女性が持つたっぷりと夢の詰まったその果実に手を伸ばし……スッと引っ込めた。

「……お姉さん。これからどこかに行くんですか？」

俺はつい、心の中で自分に馬鹿野郎と罵倒した。

だって……だって目の前にこんなお姉さまが無防備に立ってるんだぞ⁉　それなのに俺は好き勝手することなく、日和《ひよ》ってこんなあまりにも普通な問いかけをしてしまった……ちくしょうなんで俺ってこんなにビビリなんだ……っ。

「妹がピアノの大会に出るのよ。そこに向かう途中なの……沢山練習していたから絶対に応援に行きたくてね」

「それは是非とも行ってもろて。お姉さん、失礼しやした」

俺は即座にその場から離れ、催眠を解いた。

女性はキョトンとした様子で周りを見渡した後、腕時計を見てハッとしたように駆け出すのだった。

「悪いことしちゃったな……」

妹さんのピアノ大会……遅れないと良いんだが。

決して見られることもないし声が届くこともないけれど、俺はもう一度ごめんなさいと頭を下げて路地裏から退散し……しばらく歩いたところでさっきの女性のようにハッとする。

(だ、だからなんで俺はこうなんだ……)

俺は外道になると、好き勝手すると決めたはずなのに……ふむ。

どうやら俺はまだまだ最高の悪になる心構えというか、この催眠アプリを使う意気込みが足りないらしい。

「……なんだよ意気込みって」

俺はそう言って苦笑し、アプリの使い過ぎで少なくなった充電に注意しつつ続けて検証を行うのだった。

そうして今日もある程度知識を身に付けた段階で、休憩がてらアイスを買いベンチで食べていた。

「……うめぇ。頑張った後の甘い物って最高だわ」

チョコアイスに舌鼓を打っていた俺だが、そこで見覚えのある顔を見つけた。

「あれは……」

俺の視線の先に居たのは相坂《あいさか》だ。

普段の制服姿と違う私服姿だが……まあこうして遠目に彼女を見かけることも珍しくはなく、その度に俺と違ってファッションセンスの高さを思い知らされる──つまりリア充度の違いってやつだな！

「それはそれとして何してんだろ」

基本的に相坂は友人と一緒に居るのをよく見かけるけど、今の彼女は一人だ。

周りを見る限り友人の姿もない……正真正銘彼女は一人。

「……？」

思春期を謳歌《おうか》する今だからこそ、相坂に催眠を掛けたい気持ちはある。

お触りくらい好き勝手してやりたいしそれ以上のことだってもちろんやりたい……けど、

俺はどうも今はその気が起きなかった。

何故《なぜ》なら相坂はずっと下を向いていたから……何かあったのかな？

結局、俺が相坂に声を掛けることもなかったし気付かれるようなこともなかったので、その表情の真意は分からなかった。

「ま、どうでも良いか……くくっ」

そう、俺にとっては相坂がどんな悩みを抱えていようがどうでも良いんだよ……俺はただ、ああいった女の子で楽しめればそれでなぁ！

「ふぃ～……随分と思考が悪になってきやがったぜ」

くくくっともう一度あくどい笑みを浮かべ、その日の検証を俺は終えるのだった。

そしてその日の夜、この素晴らしき催眠アプリに出会わせてくれた運命に感謝するかのように正座をしていると、姉ちゃんが部屋にやってきた。

「甲斐～、ちょっとマッサージしてくんない？」

ポキポキと指を鳴らしながらのその様子……八割《つ》くらい脅しでは？

我が物顔で入ってきた姉ちゃんにため息を吐きながらも、俺は座布団を丸めて枕代わりに出来るよう用意した。

「気が利くねぇ♪」

「我が物顔で入ってきた奴《やつ》の言うことじゃねえな」

「あ？」

「ごめんなさい姉ちゃん」

「許すわ。ささっ、軽くで良いからマッサージお願い」

「うっす」

まあこんなやり取りをしてるけど決して俺たちの仲は険悪じゃない。

俺にとって姉ちゃんはこんなに小さい人だけど、凄く頼りになる人で昔から良く守られてたもんな。

「甲斐」

「うん？」

「今日一人で居たのは何か悩みがあったとか？」

「そういうんじゃないよ」

「そう。何かあったらお姉ちゃんに相談しなさい」

ほら、こんな風にこの人は凄く優しい人だ……ちっちゃいけど。

「何か失礼なこと考えてない？」

「何のことですかね」

やっぱり姉ちゃんに対して小さいとか、そういう類の言葉は禁句だ。

決して口にしてないのに考えただけでも感じ取る勘の鋭さ……弟は姉に勝てないし弱いとも言うけれど、俺と姉ちゃんの間には明確にそれがあるように思える。

「姉ちゃんって……強いよな」

「当たり前でしょう。こんな見た目だからおちょくってきたりする奴も居るけど、そんな時はぶっ飛ばしてるからね」

「……そう」

暴力を振るったとかは聞かないので真相は定かではないが、姉ちゃんのことだし普通にやってそうなのが変に信頼あるよマジで。

「甲斐も何かあったら私を頼りなさい」

「おう」

姉ちゃん……ほんまにええ姉ちゃんやで！

でもごめん姉ちゃん……俺、やべえ力を手に入れてしまってこのまま外道の道を歩むからよ……俺はもう止まらねえんだ。

「甲斐はもう高校三年生だし、いい加減そろそろ彼女をねぇ」

「ずっと一人の姉ちゃんに言われたかねえよ」

「あ？」

マジでごめんもう何も言わないんで……なんて、姉ちゃんにビビり散らしながらもマッサージを終えると、姉ちゃんは満足したようでお礼を言ってくれた。

「いやぁ気持ち良かったわ。アンタって揉《も》み方とか触り方が優しいから本当に気持ち良いのよ」

「そうかよ。なら良かった」

「またお願いするわ～じゃあね」

姉ちゃんが部屋から出て行き、まるで嵐が過ぎ去ったかのような静けさに包まれた。

少しばかり指の疲れを感じつつ、ベッドに寝転がった。

何かするつもりだったっけ……そう思ったのも束《つか》の間《ま》、当たり前のように手がスマホに伸びた。

「…………」

画面をタップして起動するのはもちろん催眠アプリ。

今日の検証や今までのことも含め……そして俺はついに決心を固めるに至ったんだ——

俺はいよいよ来週、この催眠アプリの力を使ってエッチなことをするってな。

「……今からドキドキするぜ」

早くその時が来てほしいと期待半分、今日みたいに直前で怖くなって止めてしまうか不安半分だけれど……ここで前に一歩を踏み出せるかどうかが俺の運命を決める！

「明日の日曜日は……そうだなぁ。どんな風にアプリを使うか、そのシミュレーションをするとしようか――待ってろ桃色パラダイス、待ってろ夢のような酒池肉林計画！」

そんなことをバンバンと口に出した俺だが、すぐに恥ずかしくなって黙り込んだ。

とはいえ俺の計画はもはや止まることはない。

必ずやこの力を使い、俺は好き勝手してやる……っ！

最初にターゲットにするのは……学校でも人気のギャル、相坂茉莉《まつり》だ。

「相坂茉莉……くぅ、待ち遠しいぜ」

たぶん今の俺、凄まじく気持ち悪い顔をしているに違いない。

いつもならもう少し遅くまで起きているところだが、朝から歩き回っていたせいか土曜日だというのに妙に疲れが蓄積している。

これを感じた時はすぐ寝るに限る。

ということで、俺はその後すぐに眠りに就くのだった。

▼▽

週が明けて月曜日、俺は自分の席に座って集中していた。

まあまだ目的遂行の放課後には程遠いけれど、やはり大きな目的を掲げるには瞑想《めいそう》もとい集中というのは重要なのである。

「……すぅ……はぁ」

心を落ち着かせるように息を吐く俺……いつもと違う俺の様子に晃《あきら》と省吾《しょうご》がどうしたのかと聞いてきたが、俺からすれば馬鹿正直に話すことも出来ないので今日は重大な任務があって集中しているとだけ伝えた。

流石《さすが》にこんな言い方をしたら逆にもっと気にさせてしまうかと思いはしたものの、高校生活を共に過ごしたからこそ分かったと頷きそれだけだったのは嬉しかった……でもごめん二人とも、俺ってば煩悩に塗《まみ》れてるだけだからマジで心配しないでくれ。

「おはようみんな」

「あ、おはよう茉莉！」

「相坂おはよう！」

「今日も可愛《かわい》いぜ相坂」

さて、そんなこんなでターゲットの登校だ。

いつもの友人を含め派手な男連中に囲まれている相坂……やはり素晴らしいほどに綺麗《きれい》

な笑顔でずっと見ていられる。

（くっ……俺はもう止まることはねえ。今日こそ俺は、この催眠アプリの力で大人になるんだ……やってやるぜ好き勝手によぉ！）

今の俺は正に無敵だ。

色々と葛藤はあったが結局はこの超常的な力を頼りにすることで、小さなことはあまり気にしないようにした……というか、これだけの力を前に俺が持つ葛藤なんて大した物ではないと思い込むことにした。

「…………」

周りに囲まれ楽しそうにしている彼女を見ていると、下を向き一人で街を歩く彼女の姿は幻だったんじゃないかとすら思えてくる……やっぱり何かあったのかなあの日。

「まあ良い……俺は今日、やりたいことをやるだけだ」

街中で女性にアプリを使った際、あの時はモジモジして何も出来なかったけど、おそらく一度やってしまえば慣れるはず……俺なら大丈夫だ……絶対に大丈夫！

パシッと、気合を入れるように両頬を叩《たた》く……いてぇ。

ヒリヒリと痛みが少し続くのは誤算だったが、今の一発で大分体に気合が入ったようにも思える。

そして——待ち望んだ放課後がやってきた。

一緒に帰るかと聞いてきた省吾に用事があるからと伝え、俺は教室に残り相坂が一瞬でも一人になるその瞬間を待ち……そしてそれが訪れた。

「あれ？　茉莉、今日は一緒に過ごさないの？」

「あ～……うん。今日はちょっと用事があってね」

「そっか。じゃあまた今度だね」

「うん、ごめんね。それじゃあまた明日」

相坂は友人たちの輪から外れ、一人で教室を出た。

俺はすぐさま彼女を追いかけるため立ち上がり、その後ろ姿に向かって近付いていく。

（……用事があるなら今日は無理か？）

なんて、悪党にあるまじき気遣いをしそうになる自分を戒めながらここだと思った瞬間に声を掛ける。

「あ、相坂！」

「え……あれ、真崎《まさき》君？」

突然呼び止められたにもかかわらず、振り向いた相坂は嫌な顔をせず律儀に体を全てこちらに向けた。

「どうしたの？」

コテンと首を傾《かし》げるその仕草に可愛いなと思いながら、俺は即座にアプリを起動し相坂を催眠状態にした。

姉ちゃんや他に試した人と同じように、ボーッとした様子になった相坂の状態は間違いなく催眠に掛かっている……まずは第一段階が成功したことに喜びながらも、すぐに俺はこんな提案を口にする。

「な、なあ相坂……これから君の家に行っても良いか？」

「良いよ、おいで」

おいでと、そう言われて心臓が跳ねた。

相坂の抑揚のない声はさっきも言ったが間違いなく催眠状態……今の相坂は俺が何をしても拒否をせず、何をしても文句は言わない。

そのことに興奮するのはもちろんのこと、後はもう退くことなく前に進むだけという事実が更に俺を高揚させる。

「よし……よしっ！」

小さくガッツポーズをする俺を置いていくように、相坂は歩き出した。

そうして少しばかり距離が離れると彼女はこちらを振り向き、俺を見つめながら動かなくなる。

「？　あ、もしかして待ってるのか？」

催眠を掛けたのは俺だし……そりゃそうだよな。

ここはまだ学校で人の目は多く、相坂の隣に並ぶのは少々目立ってしまう可能性があり不安だったが、やはり俺と相坂ではそんな風に見られることもなく声を掛けられることもない。

「…………」

「…………」

学校を出てずっと、俺は相坂に案内してもらう形で歩いている。

緊張してばかりで忘れていたが、確か相坂は用事があると言っていたっけか。

「相坂……用事あるってさっき言ってたよな？」

「……ないよ何も。あれは嘘《うそ》だったの」

「へ、へぇ？　どうして？」

「一人で過ごしたい時……あるから」

「そりゃ確かに」

なるほど……当たり前だが相坂にもそういう時があるんだな。

ということはそんな時に俺が傍《そば》に居るわけだけどまあ、そこは運命の悪戯《いたずら》ってことで諦めてもらおう。

「催眠状態の相手の記憶は残らない……それに催眠状態の時間の空白に困惑はすれど、そこまで影響がないことも把握済みだ」

ちなみに今の相坂に自我がないからこそ、こうして催眠について喋っても相坂は何も分からないんだ。

「そう考えるとやっぱ罪深いっていうか、いけないことをしようとしてる感じがするよな」

いけないことをしようとしてるんですけどね〜。

そんなこんなで会話少なめに相坂の家に着き、自然な動作で家の中まで入れてもらった。

うちと同じく二階建てで相坂の部屋も二階にあるようだ。

軽く話を聞いたけど相坂は一人っ子できょうだいは居らず、ご両親は毎日夕方遅めに仕事から帰るようで今は居ない……おあつらえ向きに相坂に好き勝手する場面が整っている。

「どうした？」

「……何でもない」

一瞬、本当に一瞬……両親の話をする時に言葉が詰まっていたような気もしたが……まあ良い、あまり深いことは考えずに華麗にエッチなことをするとしよう。

「ここが私の部屋」

「おぉ……」

通された部屋に俺は半ば感動する。

「ここが女の子の部屋かぁ……良いね！」

姉は女の子じゃないのかって？　誰もそんなことは言ってません。

心の中でそんなノリツッコミをしつつ、俺は改めて相坂の部屋を眺めてみる……う～ん、俺にとって今の感覚は未知だな本当に。

「めっちゃ良い匂いするし何より……へへっ、流石に変態すぎるか」

俺の興奮を他所に相坂は相変わらずボーッとしているが、流石にスマホの充電を考えるとゆっくりもしていられない。

とはいえそうは考えても目を引かれるものは多かった。

姉ちゃんと同じように多くのぬいぐるみがベッドに置かれているのは可愛いし、意外だったのはアニメの男キャラが描かれたカレンダーが置かれていることだ。

これだとアニメ好きなのかは分からないが、相坂だからこそ意外だ。

「……よしっ」

さて、見学はこの辺りで良いだろう。

俺はいよいよその時が来たということで、最後の防波堤として存在していた良心の呵《か》責《しゃく》を完全に捨て去る……うおらあああっ！

これで俺はもう無敵……さあやるぞ。

「相坂」

「うん」

「服を……脱いでくれないか？」

言っちゃった……言ってしまった……っ。

もう後戻りは出来ない……いや、ここでやっぱり止めてくれと言ったら彼女は脱ぐのを止めるだろう。

しかし、徐々に露《あらわ》になっていく彼女の肌に視線が釘付《くぎづ》けになり、俺は何も言えなかった。

「……すっげ」

制服のボタンが外れ、胸元が露になった段階で俺はもうダメだった。

年頃なのもあってか胸の谷間が見えただけで興奮は最高潮となり、この時点では完全に自分が最低なことをしているという認識すらも彼方《かなた》へと跳んでいた。

けれどそんな彼女に抱く欲情もまた……とあるモノを見てしまったことで彼方へと消え

去ったのだ。

「な……なんだよそれ……」

綺麗《きれい》な肌？　豊満な胸元？　見た目通りの派手な下着？

そんなものがどうでもよくなってしまうほどに、彼女の腕に付けられた生々しい傷痕が目に入る。

俺は今までこんなものは漫画とかドラマでしか見たことはない。

少なくとも自分の知り合い……いや、少しでも関わりのある人でこういうことをしている人が居るなんて想像したことがなかった。

「…………」

正直、言葉が出なかった。

目の前の彼女の裸体……まあ下着はまだ着けているとはいえ、こんな傷を見せられたら興奮も収まり逆に萎えてしまう。

「なんでそんなもんが……」

そこまで言ったところで相坂は最後の防波堤である下着に手を掛け、俺はそこで彼女の腕を摑《つか》んだ。

「……待て……待て！」

待て、その命令に相坂は忠実に従い手を止める。

手を止めた相坂は相変わらずボーッとした様子で俺のことを見つめ続けたままだ。

「……何迷ってんだよ。目の前に抵抗しない女が居るってのに」

あの街中の女性と違い、もう相坂は俺に肌を晒《さら》している。

ここで俺が彼女に何をしたとしても記憶に残らないし、色々と後処理はあるだろうけど
それも気を付ければ彼女は何もなかったと思い込む。

そうして何でもない普通の日常を相坂は歩むはず……ふぅ。

「どうして……」

まあでも、何をしても良いということは何を聞いても良いということ。

この状態の相坂は俺の操り人形なのだし、気になったのなら話を聞いてみるのも良さそうだ。

「その腕の傷……どうしたんだ?」

俺の問いかけに相坂はビクッと肩を震わせる。

彼女に自我はないはずだが、自傷行為をするほどなのだから無意識にでも何か感じるものがあったのかもしれない。

「私……」

少しばかりの沈黙を経て、相坂は口を開いた。

「彼氏が居たの」

「…………」

彼氏が居た……その言葉は俺が予《あらかじ》め知っていたことの裏付けだった。

同じ学校ではないどこか他所の学校という話だが……というか俺、彼氏が居る女に手を出そうとしたんだよな……いや待てよ？　居たのって言い方は過去形か？

「私の幼《おさな》馴染《なじみ》なんだけど、ずっと一緒に居た男の子だった。高校は分かれちゃったけれど、中学の頃から付き合ってたんだ。何もなければそのまま続いてたと思う」

「うん……それで？」

「それで……っ」

「あ……」

その時、相坂の瞳から涙が零《こぼ》れた。

それでも表情の変化がなく涙を流しているため少々不気味な絵面だが、相坂は話を続けてくれた。

「でもそれはただただ私の一方的な気持ちだった。彼はもう私のことなんてどうとも思ってなくて、同じ学校の人と付き合ってた」

「……それで？」

「これって浮気だよねって問い詰めた。でもあいつはだからどうしたって開き直って……私のことがどうでも良くなったのは、私のせいだって浮気相手とキスをしながら言われた」

「うわぁ……」

なんだそれ……聞けば聞くほど、こんなのも身近にあったのかと驚くと共に相手の男がとんだゲス野郎だとも思った。

まあ俺も相坂を好き勝手しようとしたゲス野郎に変わりはないんだが、まさかそんな漫画でしかあり得ないような浮気が自分のクラスメイトに行われていたとは……。

「それだけじゃ……なさそうだな？」

俺は彼女が居たことないので浮気をされる辛さは分からないけれど、相坂にはまだ何かある気がしたので聞いてみた。

俺の感覚は当たっていたようで、相坂は頷き更に続けた。

「浮気……それはそれでもちろん傷付いたよ。でも、あいつはあることないこと私の両親に吹き込んでさ。それをパパとママは信じちゃって私だけが悪者になっちゃった」

「なんでそうなるんだよ……」

　そこは自分の娘を信じてやるのが普通じゃないのか？

　何をしてくれてるんだって相手の方を問い詰めるのが親としての責任じゃないのかよ……。

「あいつはパパとママにとても好かれてたから。だからあいつが被害者面するだけでパパとママはそれを信じて……あいつの気持ちを汲《く》み取ってあげられなかった私がいけなかったんだってしつこくグチグチと言ってくるんだよ!!」

　言葉遣いが激しくなるに連れ、涙の量も増えてしまった。

　俺はたまらずポケットに入れていたハンカチを取り出して彼女の涙を拭うのだが、それでも胸に秘められていた彼女の言葉は止まらない。

「彼は好きだった……パパとママも好きだった。でもいきなり世界が全部反転したようにみんな私を敵視するようになって……私はもう、どうすれば良いのか分からないよ」

「…………」

　今まで信じていたモノが全て敵へと変わった……なるほど、俺にはやはりそんな経験はないけれどこんな様子を見せられて、察することが出来ないほど鈍感なつもりはない。

「それで……それを？」

「うん……死にたいって思ったわけじゃないけど、心が苦しい時に痛みを感じると逆に安心出来るから」

「……そうか」

それがその自傷行為の原因……か。

それ以降の言葉は出なくなったため、相坂は胸に秘めていた言葉を全て吐露したんだろう。

催眠に掛けられた相手は決して嘘《うそ》を吐《つ》けない……これは全て、相坂に隠されていた事実ということだ。

「相坂……君、ずっと教室では元気にしてるよな。友達と楽しそうに話してるし……誰にも話してないんだな?」

「うん……話してどうなるものでもないしね」

「……女友達に関しては手を差し伸べてくれるとは思うけどなぁ」

それでも心配はさせたくなかったのかな……相坂って優しいし。

でも……そうかぁ……そんなことがあったのか。

いつもいつも楽しそうにしてて騒がしいから、相坂たちの喋り声ってこっちまで聞こえてくるんだ。

本当にうるさいんだよ……本当にうるさくて、本当に元気で可愛《かわい》い笑顔ばっかだった。

「そんな闇を抱えていたんだな……」

彼女が出来ねえとか、催眠アプリがやべえとか……そんなことを考えている中、相坂はずっと闇の中を歩いていたわけだ。

腕に傷を作るほどの闇……ようやく、あの街中で見た彼女の曇り顔が偽物ではないことにも俺は気付けた。

「服を着てくれ」

流石《さすが》にもう相坂に何かしようとは思えなかった。

彼女の知らぬ間にその素肌を見た事実は無くならないけれど、バレなければ良いんだよこういうのは。

「あ～あ、目が真っ赤だし化粧も崩れちまったな」

これ……流石に俺は治せないぞ。

俺がこの化粧の崩れた跡をどうにかしようとしたら壮絶ヤマンバが爆誕しちまうぜ。

「彼氏はともかくとして、両親からそんな風に思われるのは辛いわな。俺が憐《あわ》れむなって話だが」

彼女の抱える悩みに関して俺は何かを言える立場にない。

何の関係もないしましてや俺は赤の他人だ……相坂とはただのクラスメイトで視線が合

えば会話をちょこっとする程度でしかないから。

「取り敢《あ》えずハンカチを……おい」

「…………」

涙を拭き取ったハンカチを離そうとしたが、ガッシリと相坂が握りしめてしまったせいで離れない。

まさか催眠が？　そう思ったけどまだ催眠状態は続いている。

「離してくれないか？」

「…………」

そう言ったがやっぱり手は離れない。

しばらく握らせておいて後で回収するか……別にハンカチの一枚や二枚なくなったところで困ることはないけど、安いとはいえ母さんが買ってくれたものだし……何より持ち主特定されたらマズいし。

「しっかし……このアプリ、改めて強力だと分かったな」

服を脱げという命令に躊躇《ちゅうちょ》なく従うし、相坂が隠していた事実を話してしまうくらいには……本当に凄《すご》い力だ。

「…………」

スマホの充電が半分を切ったか……それを確かめた後、俺はこちらを見つめ続ける相坂に視線を向ける。

「死のうとは思ってない……でも、もしもこれ以上自分を追い込んでしまったら相坂は……」

それ以上のことは考えたくなかった。

俺と相坂は友人と呼べるほど仲良くはないとしても、顔を知った相手がそんな理由で居なくなるのは気分の良いものじゃない。

「相坂……なんつうか悪かったな。ま、今の君に何を言ったところで届きはしないしそもそも俺はクソ野郎だ」

けど……こんな風に相坂の事情を聞かなかったらもしかしたら、俺は欲望のままに相坂に好き勝手していた世界線もあったわけで……俺もまだまだゲス野郎にはなり切れねえみたいだ。

「人生ってのは男だけじゃねえよ。相坂はいつもクラスで楽しそうに過ごしてるし、大事にしてる友達だって多いだろ？　俺とは違って多くの人たちに好かれてるじゃねえか」

……なんだか言ってて悲しくなってきたわ。

「とにかく！　家族のことに関しては難しい問題だけど、まずは君を裏切った男のことなんて忘れちまえ。相坂くらいの美人ならもっと良い奴《やつ》が引く手数多《あまた》だろうよ」

そこまで言って俺は体を解すように伸びをした。

コキコキと首や肩の骨を鳴らし、俺は大きく息を吸い……そして吐いて心の丈をぶつけるように一気に言葉が漏れ出た。

「本当なら思う存分桃色パラダイスを満喫してたんだろうなぁ。マジで勿体《もったい》ねえって……相坂のでっかい胸とか揉《も》みたかったなぁ」

最低なことばかり言ってるわ俺。

相坂だけでなく異性……いや、それこそ同性に聞かれてもドン引きされるようなことを口にした俺ではあるが、やっぱり相坂はただただ光の失われた瞳で見つめ続けてくるだけで表情を変えない。

「…………」

「……人生色々あるっての。もしかしたら今はそんな風に悲しんでても、少ししたら腹から笑えるくらい面白いことに出会えるって」

ほんと、どんな立場で俺はこんなことを言ってんだろうか。

ポンポンと相坂の肩を叩《たた》きながら俺は立ち上がり、彼女が握ったままのハンカチを何とか回収することに成功した。

「相坂はダメだな！　よし、次の女の子を探すぞ～！」

つうか、もう少しゲスにならないとダメだなこりゃ。

俺はもう決心したはずなんだ……外道になるって、最悪のクソ野郎になるってなぁ！

俺がこうして獲物を逃すのはこれが最後……くくっ、待ってろよ次なる女の子！　今度こそ、必ずやってやるからよ！

「お邪魔しました～」

相坂の家を出てすぐ、催眠アプリを解除した。

きっといきなり学校から家に居たことで困惑はするだろうけど、それもすぐに収まっていつも通りに戻るはずだ。

「…………」

ある程度離れた後、カーテンを閉め切った相坂の部屋に視線を向ける。

相坂の奴……あんな風になるまで一人で我慢して、体に傷を付けるような女の子とは思わなかった。

「……なるほどねぇ」

手にしたままのスマホを操作し、とある画像を引っ張り出す。

それは催眠を掛けた相坂に命令して送ってもらった写真で、そこには相坂の元カレと浮気相手の今カノが写っている。

俺はそれをしばらくジッと見た後――家に帰る道とは別の方向へ歩き出すのだった。

▼▽

たぶんさ……俺ってただ馬鹿なだけなんだわ。

相坂にやったことは間違いなく最低なことだけれど、この超常的な力である催眠アプリのおかげで何でも出来る気になってる。

そもそも相坂から話を聞いて気の毒には思ったのはもちろんだが、それ以上にやっぱり好き勝手やりたかったなって……スケベなことしたかったなって後悔の方が大きいし。

「気ぃデカくなってる証《あかし》だなぁ……気を付けないと誰かに足を掬《すく》われそうだ」

まあでも、こう思えるくらいなら安心しても良いだろう。

少しばかり暗くなってきたけどちゃんと家には連絡をいれているので、もう少し遅くなっても大丈夫だ。

「さ～て、あいつらか」

俺の視線の先、そこには二人の男女が歩いている。

遠目から見てもさっきスマホで確認した顔と一致する……つまり、あれが相坂の元カレとその女だ。

段々と二人が近付いてくると当然喋り声も聞こえてくる。

「ねえねえ。あの子はあれからどうしてるの？　まだ泣いてるのかな？」

「さあな。でも家族にまで見捨てられたなんざ傑作だわ」

「ひっど～い♪」

「面白いから良いだろ？」

……やれやれ、随分と分かりやすい話をしてるもんだ。

二人とも俺と違ってイケイケのヤンキーファッション……う～ん、俺が言うのもなんだけど相坂って趣味が……いやいや、幼馴染《おさななじみ》補正もあっただろうしそれを言っちゃお終《しま》いか。

「あん？」

「誰こいつ」

そんな二人の前に俺は立ち、こう言った。

「おい、ツラ貸せよ」

ま～じで気がデカくなってるよ俺。

それもこれも全部、この催眠アプリのおかげなわけだがな。

（相坂、君の裸見ちまったからお詫《わ》びとしてちょっとやれることとやってみるわ。催眠アプリは相手の心の壁を剝《は》がす……だからこそ、相坂が本気でこの幼馴染のことをもう何とも思っておらず嫌ってることも分かってる。だから何かスッキリするような罰を与えてやるさ）

そう、これは相坂の裸を見せてもらったお礼みたいなもんだけど……俺って何やってんだろうな。

三章

催眠アプリは最高だぜぇ！

SAIMIN APP de
yumeno HAREM
seikatsu

「なんだお前は」

「誰なの？」

二人の男女は寄り添いながら俺を怪訝そうに見つめている。

男が相坂の元カレで女が浮気相手……こいつらの名前とか全然分からねえけど、手っ取り早くこいつらって呼ばせてもらうか。

「…………」

実を言うと、こいつらと相対した今になってなんで俺はこんなところに居るんだろうって改めて思う。

俺はただ相坂にエッチなことをしたくて催眠アプリを使ったのに、それがきっかけで彼女の秘められていた秘密を知り、赤の他人であるはずなのに俺はここに立っている。

（これはただの自己満足……俺自身がスッキリしたいだけだ）

それか若しくは、この力で気持ち良くなりたいだけなんだろう。

「……はぁ」

「おい、勝手に呼び止めて何ため息吐《つ》いてんだよ」

「なんかきも〜い」

そりゃため息の一つも吐きたくなるさ。

こいつらがクズなのは分かってるけど、俺と違って男はやっぱりイケメンだし、女の方はまあまあ美人だし……思わずクソッタレリア充共めと恨みがましい視線を向けてしまう。

(でも……俺の好みは断然相坂だな)

なんて思ったけれどこの場において俺の好みは関係ないか。

ニヤニヤと気持ち悪い笑みを浮かべる女から一旦視線を外し、見るからに俺のせいで不機嫌になっている男へ対し単刀直入に問いかけた。

「なあお前、相坂茉莉《まつり》って知ってるか？」

「あん？　茉莉がどうしたよ」

よし、他人の空似とかではなくこいつが目的の相手で間違いはなさそうだな。

相坂が今どうしているのか……それを口にしようとした矢先、奴はニヤッと笑った。

「なんだお前、まさかあいつに惚《ほ》れてるとか？　もしかして何か話でも聞いたのかよ。例えば浮気をされたとかさ」

「……あっさり白状すんのか」

どうやら、俺が何も言わなくてもベラベラと話してくれるらしい。

「お前みたいなのが茉莉のことで出張って来るとは意外だぜ。あいつからどんな風に話を聞いたか知らんが今更だし、あいつの両親には良い顔してたから俺の方を信じている……ははっ、茉莉の泣き顔はいつ思い出しても面白いわ」

「は〜趣味わるぅ。あの子がかわいそ〜」

かわいそうと、そう言う割に女は笑っている。

あまりの開き直りっぷりに俺が言葉を失ったと思ったのか、奴は止まることなく更に言葉を重ねた。

「つうかたかが恋愛に夢を見すぎなんだよあいつは。幼馴染とかもうどうでも良いし、あいつがどれだけ苦しんでもどうでも良い。というかこれを機にあいつが消えちまってもそれで良い——どうせそんな度胸ねえだろうけど」

「…………」

言葉が……何も見つからねえな。

こういう風に言える奴は大抵相手が本当に自ら命を絶つ可能性を考えてはいない……だからこいつはこんな風に無責任な言葉を口に出来るし、人を傷付けることを平然とやれるんだろう。

「……お前、クズ野郎だなただの」

「なんだと?」

ま、俺もクズ野郎だけどな。

出会ったばかりの相手にクズと言われたことが心底響いたらしく、奴は隣の女から離れて俺の方へ近付く。

傍《そば》にやってきた奴を見ても俺は不思議と冷静だった。

「もう一回言ってみろや」

「ぐっ……」

胸元を掴《つか》まれ、喉元が圧迫されてしまい息が吸いづらい。

「良いじゃん良いじゃん!　やっちゃえやっちゃえ♪」

女が声援を送るように囃《はや》し立て、更に掴む力が強くなった。

(こんな……こんな奴《やつ》と会話をすることも想像はしてなかったな……)

俺はこのように邪悪な面を持った相手に実は今まで会ったことがない。

中学時代にイジメに似た出来事はあったものの、双方が和解することで珍しい形ではあるのかもしれないが平和に解決したほどだ。

「あいつ……自分の腕を切ったんだぞ？」

「だから？」

「死ぬつもりはなくても、そうするくらいに追い込まれてんだぞ？」

「だからどうしたってんだよ。説教でもするつもりかカスが！」

ガツンと頬を一発ぶん殴られた。

痛い……舌を切ったのか鉄の味が口に広がる……あぁクソ、なんでこんな風に体張ってんだろ俺って。

今まで喧嘩《けんか》なんてことしたことはなかったし、殴られたこともなかったので痛みにそもそも体が慣れていない……だからなのか、自然と涙が零れてくる。

「うわぁだっさい！　泣いてるじゃん！」

「ゴミが楯突《たてつ》くからこうなるんだよ。身の程を知れよ雑魚」

もう相手にする気がなくなったのか、二人は素通りしていく。

「……待てよ」

もちろんそれを許すわけにはいかない……そもそも俺の目的は達成出来ていないし、そもそも殴られてちょいカチンと来ちまったしな。

「ぶっ殺すぞてめえ」

「いい加減うざ～い」

振り向いた二人はゴミを見るような目で見つめてくるが、俺はそれに対して一切怯《ひる》んだりすることはなかった。

再び近付いてきた男が手を伸ばした瞬間、俺は催眠アプリを起動する。

「止まれ」

「っ……」

「……え？」

二人を対象として発動した催眠アプリは見事に起動し、先ほどの相坂を彷彿《ほうふつ》とさせるかのように二人はボーッとした姿へと様変わりだ。

「……俺としたことがつい話に夢中になってアプリの存在忘れてたわ」

殴られて思い出すってマヌケすぎんだろ俺……まあでも、これでこいつらは俺の操り人形だ――さて、それじゃあ当初の目的を果たすとしよう。

俺は二人にこう命令した。

まず相坂の両親に自分が何をしたのか、彼女に対してどんなことを考えていたのかを説明しろと……そして極めつけにこう言ってやった。

「俺を殴りやがったお返しとして、てめえは全裸で……いや、フルチンだけは情けで勘弁してやる。パンツ一丁で大声を上げながら近所を全力疾走しやがれ」

しばらくその場から動かなかったが、「早く行け」と急《せ》かすと二人は歩き出し、俺の前から姿を消した。

「……ふぅ。俺って罰当たりだな」

奴らに求めるのは相坂への謝罪と両親に対する説明だけで良かったはずだ……でも後半のアレは殴られ馬鹿にされたことへの私怨に近い。

もう命令はしてしまったので止めることは出来ず、あの男が俺の命令を忠実に達成すればそれこそあいつは平気な顔をして外を出歩くことは出来ないだろうし、惨めな日々を過ごすことになるはずだ。

「いやぁ……実際に命令したら怖くなってきたわ。とっとと帰ろ」

少し……ほんの少しだけヤバい命令をしたことに罪悪感はあるが、それ以上にざまあみろって気持ちの方が強い。

奴らがどんな形にせよ痛い目を見ること、そしてそれを実行した俺は催眠アプリの力でバレないという優越感もある……ほら、俺も救いようのない奴だってことだ。

「よ〜し、明日から気持ちを切り替えるぞ！」

今日のことは忘れ、しばらくの間はゆっくりとしよう。

そうして全部忘れた後に改めて今日の出来事を糧にして、女の子を好き勝手してやろうじゃないか……よし！　それで良いんだよ俺は。

くっくっくと笑いを堪えながら俺は家へと帰るのだった。

「ちょっと、それどうしたの？」

「え？」

ただ……当たり前のように赤く腫れた頬に関しては姉ちゃんや両親にとても心配された。

今までこんなことがなかっただけに心配は大きいらしく、すぐに姉ちゃんに手を引かれて軽く治療を受けることに。

「こんなに切れちゃって……殴られたの？　甲斐《かい》を殴ったクソ野郎はどこの誰？　名前が分からないなら顔は覚えてる？　お姉ちゃんに全部教えなさい——血祭りにあげてやるわ」

腫れた頬を優しく撫でられるだけでなく、舌の切れた部分に綿棒で塗り薬まで塗ってくれて……今日の姉ちゃんは本当に優しかったけれど、同時に俺を殴った相手に対して怒りも凄《すご》かった。

「……はぁ、俺らしくもなかったな」

自室で一人になり、改めてそう思う。

いくら相坂のために少しばかり何かをしたくなったとはいえ、あんな風に体を張るなんて俺らしくもなかった。

　まあ催眠アプリの存在をちょい忘れていたのはともかくとして、この力があったからこそあいつらに対して優位に立てたし、それなりの罰を与えてやることが出来たんだから。

「……へへっ、本当に凄い力だこれは」

　まだ少しだけヒリヒリする頰の痛みもまた、この力が絶対であることを俺に知らしめる良い機会になった。

　また日和《ひよ》る……こともあるとは思うけれど、俺はこの力を必ずや俺自身の欲望のために使う——もう大丈夫、もう俺は躊躇《ちゅうちょ》しない。

「さ～て、明日からどうすっかねぇ」

　果たして催眠アプリを手にした俺に明日という日は何を齎《もたら》してくれるのだろうか、それが本当に楽しみで仕方ない。

　今日は良い気持ちで眠れそうだ……そんな気持ちでベッドに入ったもののしばらくは眠れなかった。

　何故かって？

「……相坂の裸が頭から離れん」

　そう……下着姿の彼女が脳裏から消えてくれないんだ。

思い出せば思い出すほど綺麗だったなって、エロかったなって思うと同時に好き勝手したかったって後悔が再び蘇《よみがえ》ってくる。

「……むぅ」

あの街中で出会ったお姉さんよりも圧倒的なエロを感じたのは……相坂が同級生だったからか？

「それに……」

もちろんあの後、催眠に掛かった元カレたちの結末も気になっている。

スマホの充電は死にかけだったけれど、あいつら走って行ったし距離的には全然やることやる時間はあったはず……取り敢《あ》えず、明日隙を見つけたら相坂に催眠を掛けて確かめるとしよう。

「……ふわぁ」

さっきまで眠れそうになかったのに大きな欠伸《あくび》が出た。

気を抜けば眠りそうになる中、脳裏に残り続ける相坂の記憶がまるで睡眠導入剤かのようで、俺はそんな最低な癒《いや》しを感じながら眠りに就いた。

▼▽

　翌日、俺の気になっていたことはすぐに分かった。

　俺があの二人……特に男の方へ命令したことは完璧に実行されたらしく、近所で大声を出しながら全力疾走するパンツ一丁の男が目撃され警察のお世話になったとのことだ。

「やべぇのが居るんだなぁ……」

「俺たちの中にそんな変態は居ねぇよな⁉」

「居ねぇだろ」

　友人二人の会話に耳を傾けながら、無関心を装いつつも内心では無事に力が発揮されたことに安心と満足感を俺は抱いている。

（あいつらのことは正直もうどうでも良い……くくっ、まさかこんなにも上手《うま》く行くなんてなぁ）

　しめしめと心の中で笑っていると彼女が、相坂が登校してきた。

「みんなおはよ～」

「おはよ茉莉！」

「おっは～！」

　いつもと同じ笑顔の相坂……こうして見ていると、彼女に催眠を掛けてからの出来事は全部夢だったようにも思える。

「お前、顔赤くね？」

「どうしたんだ？」

「……えっ⁉」

二人に指摘され、俺は顔が僅かに熱くなっていることに気付いた。

マズイ……たぶんだけど相坂を見たことで彼女の肌だったりを思い出してしまったせいだ……！

「な、何でもねえよ」

「ほんとかよ」

「相坂を見て……はは～ん？」

変な誤解をすんじゃねえ！

相坂を見て顔を赤くしたのは間違ってないけど、たぶん好きだからとかそういう誤解をされているに違いない……まあそっちの意味で照れた方が健全ではあるけどさ！

「そういうんじゃねえよ。俺も身の程は知ってるから誤解すんな」

「分かってる、分かってるって」

「そうそう。分かってるって」

こいつら……。

一発お見舞いしたくなる気持ちを何とか堪え、俺は改めて相坂へと視線を向けた。

俺は人の表情を見ただけで全部を察せられるほど鋭くはない……だからこそ昨日の出来事を経て相坂が何を思ったのか、何を考えどのようになったのかは凄く気になってきた。

朝礼、授業、休憩時間……生憎《あいにく》と相坂に催眠を掛ける瞬間は中々訪れることはなかったものの、昼休憩の時に偶然一人で廊下を歩く相坂を見かけたので、周りに怪しまれないよう咄嗟《とっさ》に近付いて催眠を掛けることに成功した。

「空き教室に行くぞ」

「うん」

相坂だけじゃなく一定範囲の全ての人間に催眠が掛けられたら、こうやってコソコソする必要はないんだがそこまでの贅沢《ぜいたく》は言えない。

俺と相坂が入ったのは全く使われることがなく、資料などの置き場にされている散らかった空き教室。

「電気は点《つ》けなくて良しと……あ」

カーテンで閉め切られているからこそ明かりが無ければ暗い。

そんな中で瞳がトロンとした様子の相坂と二人っきりというのは、最高にエッチな空間に思えてドキドキしちまう。

「っ……」

綺麗に整った顔、サラサラとした髪の毛、豊満な胸元、スカートから覗《のぞ》く太もも……相坂の持つ全てのパーツから目が離せなくなるほど、彼女の魅力が目の前に迫っている。

「ま、まあ見惚《みと》れるだけならタダだしな！」

ということでじっくり見させてもらおうじゃないか！

それから五分ほど、俺は決して相坂に触れることはせず彼女のことを観察させてもらい、非常に満足したところでようやく切り出した。

「昨日のことを詳しく聞きたい。君の元カレはどうしたんだ？」

俺の問いかけに相坂は頷き教えてくれたのだが、ほぼほぼ俺が命令した通りのことをしっかりと奴《やつ》らは遂行したらしい。

「いきなり家に来たことはビックリしたけど、あいつ……全部正直に喋ったの。様子はおかしかったけど嘘《うそ》は吐《つ》いてない様子で……あいつの傍《そば》に居た女も一緒に謝って、それで両親もようやく私が悪いんじゃないってことを分かってくれた」

「そうか……はは、そうか」

まずは一旦、拗《こじ》れていた家族仲は修復されそうかな……？

そう思って俺は笑ったけれど、どうも相坂の様子を見るにそう単純なものではなさそうだった……どうしてだ？

「……信じてもらえなかった、それが大きかったみたいで私……謝られても全然嬉しくなくて、ただ私が裏切られた事実だけを忘れないでいてくれればそれで良いって……それから昨日はもう話してない」

「っ……そうか」

両親に信じてもらえなかったこと、それが尾を引いているらしい。

大好きだっただけに相坂の心に付けられた傷は深いということか……こうなると俺に出来ることは何もないんだろうか。

「……ま、やれることはやったしな……ちなみに相坂」

「なに？」

「全然スッキリもしていないか？」

「ううん、それはないかな。もう私からすればあいつを幼馴染《おさななじみ》とも思いたくないし、なんでそんなことをしたのか分からないけど……どんな形でも痛い目を見たのはスカッとしたから」

そうか……なら良かったと俺も思うよ。

やり方が最善ではなかったとしても俺の方もしめしめと思っているくらいだし、相坂が少しでもスカッとしたのならそれで良かった。

「……相坂、腕を見せてもらっても良いか？」

「うん」

相坂は制服の袖を捲《まく》り、傷の付いた腕を見せてくれた。

相変わらずの痛々しい腕に眉を顰《ひそ》める俺だが、昨日見た時に比べて新しい傷がないことに安心する……これで新しい切り傷があったら、それは昨日の夜に付けられたってことだからな。

「……この状態で俺がお願いをして効果があるのかは分からないけど、もうこんなことをするのは止めろよな。相坂があんな奴との出来事で自分を傷付ける必要なんてないんだから」

「うん……うん」

「おい、それはちょっと怪しい返事だな？」

そう苦笑しながら言っても、やっぱり相坂の表情は変わらない。

いっそのこと催眠を解いて直接伝えれば分かってくれるとは思ったけれど、それは俺の首を絞めるだけ……むしろ怪しまれて俺のやったことがバレて詰む可能性がある。

「……それならこの状態で相坂に接するしかねえもんなぁ……ったく、困ったもんだぜ」

そもそも俺の方がこうして彼女を催眠状態にしないと踏み込んだ話が出来ない卑怯者《ひきょうもの》だしなぁ……ま、俺も深く考えるのは止めて軽い気持ちで言葉を伝えよう。

「せっかくそんなにエロい体を持ってて俺好みなんだし、頼むから自分を傷付けるのは止めてくれな？　俺、相坂が自分を追い込み過ぎて居なくなるのは嫌だぞ？」

後半はともかく前半はあまりにも最低だったわ。

きっと彼女が正気だったなら間違いなくビンタ……ビンタで済むか分からないけど一発ぶん殴られてもおかしくはない言葉に、催眠状態の相坂はこう言葉を返した。

「私が居なくなると……嫌？」

そう返ってきたのである。

俺の言葉に相坂が言葉を返してくれることはおかしくはないが、疑問形の返事は何気に初めてじゃないか？

珍しいなと思いながら俺は頷《うなず》いた。

「そりゃそうだろ。大して絡みがなくともクラスメイトがいきなり居なくなるのは寝覚めが悪いから」

「……そうなんだ」

「おうよ。それに……まあなんだ——俺は別に相坂に惚れてるとかそういうんじゃないけど、朝に相坂の笑顔を見れたら目の保養だし？」

言ってすぐに後悔するほど顔が熱くなり、俺は頬を掻《か》いた。

というか意識の無い相手になんでこんな照れにゃならんのだ……俺は自分が抱いた恥ずかしさを誤魔化《ごまか》したくて、ほぼ勢いに任せこんなことを言ってしまった。

「なあ相坂、おっぱい触っても良い？」

もちろん言った後にもっと顔が熱くなった。

俺ってば真の外道になるんだと心意気を新たにしたはずなのに、結局やろうとすれば寸前でこうなっちまう……何も変わってないことに絶望だ。

「……はぁ」

つい辛気臭いため息が零《こぼ》れたのだが、まさかの返事が相坂からきた……否《いや》、きてしまった。

「良いよ」

「……えっ⁉」

相坂は俺の方へと胸を突き出した。

ぷるんと大きな胸が震えたことにまずごくりと唾を呑《の》み、これを触っても良いという許可が出てしまったことにまた唾を呑んだ。

俺の動揺は凄《すさ》まじいものだが、それ以上に目の前に突き出された相坂の巨乳から目が離せない。

（こ、これが女の子の……すげえ）

既に一度、この内側を見たことがあるとはいえこの距離で見つめ返す相坂の胸は凄《すご》い……大きくて柔らかそうで、すぐにでも手が伸びてしまいそうになる魅力を放っている。

「……ふへっ」

すっごい気持ち悪い笑みが零れ、俺は手を伸ばす……しかし、やっぱり触れることは出来なかった。

「ごめん……まだ俺には無理な領域だったわ」

もうほんとに！　本当に俺って意気地なし！

何をしたところで絶対にバレないし大丈夫なのに……なんで触ることすら俺には出来ないんだ……残り続けているというのか良心の呵責《かしゃく》というものがまだ俺に！

「俺さぁ……相坂の元カレに殴られても怖いとかなかったのに、むしろやってくれたなこの野郎って感じでやり返す度胸はあるはずなのに、その果実に触る度胸がないなんて笑ってくれよ相坂ぁ」

「…………」

相坂からの返事はなし……分かってたけどな！

「…………あ〜」

「…………」

何も話すことがなくなり、気まずい空間が俺たちの間に展開される。

俺が何かを問いかけなければあちらから何も言ってこないので、この気まずい空気の原因は俺だ。

「あ、というかごめん相坂。もうそんな風に胸を突き出さなくて良いよ」

そう言うと相坂は頷き姿勢を元に戻した。

それでも相変わらず視線は俺に向いたままなので、何とも言えない緊張とドキドキはそのままである。

俺はそんな空気を誤魔化すように、コホンと咳払《せきばら》いをしてスマホに目を向けた。

「俺がこの催眠アプリに出会わなかったら、こうして相坂とサシで話をするような瞬間も訪れなかったわけか」

こちらからの一方的なモノとはいえ、間違いなくアプリのおかげによってこの時間は成り立っている。

「……この機能、使ってみるか？」

実はまだ、この催眠アプリの中で使っていない機能がある。

それは予約催眠と呼ばれるもので、その時間になると自動的にアプリが起動し対象の人間が催眠に掛かるというもの。

ただ予約する場合は予《あらかじ》めその人に掛ける必要があるのだが、例えば今の相坂に上書きする形でも良いらしい。

「つまり……こうか。相坂、明日もまた昼食を済ませたらここに一人で来てくれ」

「分かったよ」

これで大丈夫……なのか？

ある程度催眠アプリについて理解したとはいえ、今まではただ催眠を掛けられることに満足して予約催眠なんて見向きもしなかった。

取り敢《あ》えずこれが上手《うま》く発動するかどうかは明日、相坂がここに催眠状態で来るかどうかで確かめるとしよう。

「よし、もう戻って良いぞ相坂」

「うん」

「……自分のこと、傷付けるなよ？　君に何かあったら悲しむ人たちが居るってことを忘れんな」

「うん……ありが……」

「え？」

俺の命令通り、相坂は何かを言いかけたものの教室を出て行った。

その後、これくらいかと思ったところで催眠アプリを解除し、一度トイレに行ってスッキリしてから教室へと戻るのだった。

▼▽

結論を言うなら相坂に掛けた予約催眠は翌日、しっかりと機能した。

昼休みになってすぐ俺は空き教室に向かい、それからしばらくして前日とほぼ同じ時間に相坂が訪れたからである。

一応説明で分かってはいたもののいきなりアプリが起動したのにはビックリしたけれど、相坂は間違いなく催眠状態だったので俺はまた一つ技を習得出来たというわけだ。

そうなってくると相坂が一人になる瞬間を粘り強く待つ必要もなくなったということで、ここ数日はずっと昼休みに彼女を呼び出している。

「よしよし、今日も腕に傷は作ってないな」

「うん……約束、したもん」

「……催眠アプリを使ってやってることがカウンセラーみたいだぜ」

やれやれと首を振りつつも、実はちょっとこのやり取りが楽しい。

そして……そしてそして！　数日間のやり取りを経て、俺は一つレベルアップを果たしているんだ！

「あ、相坂」

「うん」

「また……ギュッとしてもらっても良いか？」

「良いよ」

俺の要望に応えるように、相坂は俺の頭を抱きかかえ……その豊満な胸元へと誘った。

顔面を包み込む柔らかな感触、相坂自身の香りが凄く良くて……こうされてしまうと日々の疲れが取れるだけでなく、生きる活力さえも無限に溢《あふ》れてくるようだ。

(勇気って出してみるもんだよな)

こんな風に相坂がしてくれたのは俺が勇気を持って踏み出した結果だ。

まだまだ自分から触る勇気が持てないということで、逆に相坂の方からこうしてもらうように命令し、その結果がこの幸せな空間を俺に与えてくれたのだ。

「相坂も災難だねぇ。俺に目を付けられたばっかりに、こんなことをさせられるんだからさ」

今の俺、最高に悪い奴《やつ》の顔をしているに違いない。

「俺の天下……始まったな！」

至高の柔らかさに包まれながら俺は宣言した。

そう、ついに催眠アプリによる俺の天下は始まったと言っても過言じゃない……もしかしたらこの先、本当の意味で俺が子供から大人になる瞬間っていうのも近いかもしれないな！

「女性の胸には夢が詰まってるって言うけど、正にその通りだよなこれは止めらんねえわ」

ぷにぷにとした柔らかい感触を存分に味わった後、体勢を変えて膝枕をしてもらった。

胸に顔を埋める方が遥《はる》かに過激ではあるが、膝枕も俺からすれば絶対にお目に掛かれないほどの経験……う〜ん、催眠アプリ最高！

「……あん？」

膝枕を堪能する俺の頭を何かが触れている……それは相坂の手だ。

あれ……？　ついでに頭も撫《な》でてほしいなんて言ったっけ？

「……ま、いっか」

細かいことを気にするのは止め、俺は絶景に目を向ける。

光の無い瞳で見下ろす相坂はともかく、目の前にぶら下がる大きく膨らんだ胸が大変目の保養で……許されるならずっとこのまま眺めていたい。

「……絶対にそのうち触ってやるからな」

そう決意を呟き、改めて俺は相坂へと声を掛けた。

「家族の方はどうだ？」

「かなり気を遣われてる。もちろん前よりは全然良いよ？」

「そうか。なら良かったじゃん」

「うん」

こんな風に相坂の方から近況を聞くのももはや日常みたいなものだ。

相坂の意思を無視してこんなことをしてもらっている俺が、相坂の心配をする資格がないのは分かっているものの、関わってしまった以上は気になるからさ。

「元カレは？」

「なんか、凄いことになったみたい。あいつの家族はもちろん、周りにも凄く引かれちゃったみたい」

「だろうなぁ」

突然パンツ一丁になって大声を上げて走り回ればそうもなる。

「でも……ざまあみろって気持ちはなくならないよ？　頭がおかしくなっちゃってあんなことをしたのか知らないけど、私を追い詰めた報いを受けてるみたいで気分が良いもん」

「正直だねぇ」

いくら傷付けられた相手とはいえ、あの幼馴染《おさななじみ》に対して相坂が複雑な感情を少しでも抱いているなら申し訳なさはほんの少しあったけれど、彼女に全くその様子は見られないので俺もやって良かったと開き直っている。

「さっきも言ったけど、あれから腕に傷を作ってなくて安心したよ。あんなクソ野郎共のせいで相坂が傷付く必要なんて絶対にないんだから」

「うん」

「ま、こうして君に催眠を掛けて好き勝手している俺の方が何倍もクソ野郎だけどなぁ！　あっはっはっは！」

俺さぁ、もう自分をクソ野郎って言うのも慣れちゃったよ。

あの元カレがやったように浮気をしたことも、酷《ひど》い言葉を口にしたのも充分最低なことなのは確か……でもそれ以上に普通じゃあり得ない力を使っている俺の方がクソ野郎のレベルは高いだろうし。

「真崎《まさき》君は私を助けて……くれたんだよね」

「あんなもん助けたとは言わねえよ。好き勝手やっただけだ」

そこまで言って俺は立ち上がった。

「そろそろ昼休みも終わるな。ありがとう相坂、いつものように教室に戻ってくれ」

「うん……」

「相坂？」

教室を出ていく寸前、一度相坂がこちらを振り返った……がしかし、すぐに彼女は教室を出て行った。

「……なんだ？」

俺が何かを言わなければあの状態の相坂は絶対に反応しない。

まああれが俺に対する反応かどうかはともかく、何も声を掛けていないのにいきなり振り返ってきたのは正直ビビった。

「……もしかして解けてた？」

ハッとするようにスマホに目を向けたが、まだまだ充電はバッチリだし催眠アプリそのものが強制的に落ちたわけでもなさそう……う～ん？

「振り返った時に何好き勝手してんだよってキレられたら催眠アプリの不備って分かるんだけど……」

いやそれだといっかんの終わりじゃねえかよ！

若干の不安を抱きながらも催眠アプリは絶対、この力は絶対に無敵なんだと自分に言い聞かせるようにしながら、俺も少し間を空けて教室へと戻った。

俺はこうして、本来ではあり得ないような天国を催眠アプリのおかげで味わえているせいか、授業中に相坂の体の感触を思い出してしまいニヤニヤしてしまって大変だ。

（っとと、いけないいけない。気を引き締めないと！）

そう心の中で考えるものの、すぐに脳内を相坂が埋め尽くしていく。

今まで姉ちゃんを除き歳《とし》の近い女子との絡みが無かった弊害か……いやいや、そうじゃないだろこれは。

（催眠アプリのおかげでやれないことがやれる……性癖とか諸々《もろもろ》歪《ゆが》んじまってもおかしくないぞこれ）

俺は外道になる……がしかし、理性の無いケダモノにだけはならないよう心がけよう
——俺は今、そう決心した。

とはいえ、経験してしまった甘い果実を忘れられないのも事実。

周りの生徒に不審がられないよう気を付けていたのだが、そのちっぽけな欲望の防波堤も休憩時間には綺麗に決壊し、いつものように傍《そば》にやってきた友人二人にどうしたんだと

心配されたほど。

「いきなり笑い出して大丈夫か……？」

「何か悪い物でも食ったのか？」

「気にすんな」

キリッとした様子で俺はそう返事をしたが、すぐに頬が緩む。

ふへへっと自分でもヤバいと思う笑いが出てしまい、流石《さすが》に気持ち悪かったのか二人とも引いていた。

「まさか……」

「どうした省吾《しょうご》」

俺に視線を向けたまま、省吾がビシッと指を差して口を開く。

「甲斐……お前……特殊な力に目覚めたんじゃ！」

でででんと、まるで効果音が聞こえるかのようだった。

「何言ってんだおめえは」

大袈裟《おおげさ》に指を差す省吾に俺はそうクールに言い返したが、耳を澄ませば聞こえるくらいに心臓の動きはバクバクだ。

「特殊な力ってなんだよ」

「そりゃあれだよ。女の子を好き勝手出来るエロい力だよ」

だからなんでそう妙にピンポイントなんだよ！

省吾が俺のことを把握しているわけでもないし、ましてや催眠アプリについて勘付いているわけでもないのになんだこの鋭さは。

「茉莉〜！」

「なあに〜？」

友人二人の話に耳を傾ける中、相坂の声にスッと視線が向く。

俺たちと同じように友達と楽しそうに会話をする相坂の姿、そんな彼女を見ているとやっぱり昼休みのことを思い出してしまう。

（……柔らかかったし気持ち良かったなぁ）

あれは良いものだ……本当に良いものだ。

バレないように細心の注意を払うのはもちろんだが、俺には催眠アプリがあるんだ……これから先も、俺の好きな時に好きなことが出来るんだ。

たとえ日和って前に進めないとしても、時間はたっぷりある……だから何も慌てる必要はない。

「今日の放課後はどうする？」

「あ～どうしよっかなぁ……何かあるの？」

目立つ相坂だからこそ、友達も含めて声が良く通る。

催眠状態の彼女は少し声が低いので、こんな風に明るさ満点の声で喋ってほしいと願うのは流石に贅沢《ぜいたく》か……そうだよな、いずれ相坂のおっぱいなんかも好きに触らせてもらう予定だしそれは我慢しよう。

（ていうか触る触らない以前に、俺はあの相坂の胸に顔を埋めただけじゃなく抱き寄せてもらったんだぞ⁉　催眠アプリの力とはいえゴールまで全然後少しじゃないか！）

そう思えば俺の中に眠るエロが熱く燃え上がる。

メラメラと燃え滾《たぎ》るそれの行き着く先はまだ分からないが、まず捨て去るべき負の遺産がある――童貞というステータスだ。

「絶対に捨ててやるぜ……」

「何を？」

「ゴミか？」

……ふぅ、まずは考え事をした際に周りが見えなくなる癖を直す方が俺には必要だな。

とにもかくにも、俺はもっと自信を持つべきなんだ。

晃《あきら》と省吾の話に耳を傾けながら、俺はポケットの上から仕舞《しま》っているスマホを撫でる。

（こいつはもう俺にとって必要なモノ……言うなれば相棒ってやつだ）

今この時が、俺の中で催眠アプリに対する呼び名が相棒へと変わった瞬間だった。

なあ相棒、これからも俺は好き勝手やっていくからよ。

だからどうか力を貸してくれ——漫画やアニメのキャラのように、エッチな日常をどうか俺に歩ませてくれ！

そんなエロに対する俺の決意はしっかりと表情に現れたらしく、何故かそこで先生に指名された。

「真崎、随分と気合の入った顔をするじゃないか。そんな風に授業を受けてくれるなんて先生は感動しているぞ——この問題、是非解いてみろ」

「あ、はい」

取り敢《あ》えず……授業はやっぱり真面目に聞こう。

それもまた当たり前のことだけれど、改めてそう思ったのだった。

四章

何かが少しずつ変わってる気がするぜぇ！

SAIMIn APP de
yumeno HAREM
seikatsu

俺が催眠アプリ……じゃなかったな。

相棒に出会い、その力を美少女ギャルの相坂《あいさか》に使い出してから少しばかり経《た》った。

怪しまれない程度に予約催眠によって相坂を呼び出し、いつものようにあの豊満な体に包み込んでもらいながら、相坂の状況について確かめるのはもはや日課のようになっている。

「最近の俺、あまりにも充実してるわ」

これも全て相棒のおかげと言っても過言ではない。

そのせいもあってか俺は毎日寝る前に、相棒に向かってお礼を口にするようになったほどなのだから。

「そろそろ相坂以外の女の子をターゲットにしてもいいんだが……とにかく相坂が良すぎてなぁ」

そう、あまりにも相坂と過ごす時間が良すぎて他の女の子に目移りする暇もない……まるで俺が一途《いちず》な善良男子みたいだけど、その実は無抵抗の女の子に好き勝手する外道……

ふっ、俺も慣れてきたもんだぜ。

「今日も世話になるぜ相棒」

スマホに向かってそう呟き、部屋を出たところで姉ちゃんとバッタリ出くわした。

羨ましいことに姉ちゃんは今日休みということで、一日のんびりと家から出ずに過ごすらしい。

「あら、今から出るの？」

「うん。行ってくるよ」

「行ってらっしゃい……あ、甲斐《かい》」

「なに？」

階段を降りる途中で姉ちゃんに呼び止められ振り向く。

近付いてきた姉ちゃんはいつものように小さいけど、階段の段差のおかげで顔の高さはちょうど同じくらいだ。

正面に立った姉ちゃんは特に何を言うでもなく、よしよしと笑いながら俺の頭を撫《な》でてきた。

「えっと……なんで？」

「甲斐ったら最近とても楽しそうにしてるから。弟に何か良いことがあったのかなって気にはなるけど、姉の身からすれば理由がなんであれアンタが楽しそうならそれで良いから」

「…………」

姉ちゃん……なんて嬉しいことを言ってくれるんだ。

即座に赤くなった顔を見られたくなくて視線を逸《そ》らしたものの、姉ちゃんはクスクスと笑っているので意味は無かったらしい。

「それじゃあ今度こそ行ってらっしゃい」

「おう」

朝からこんな気持ちにしてくれてありがとう、そんな気持ちを胸に抱きながら俺は家を出るのだった。

まあでもこうして楽しく過ごせている理由が理由なだけに、若干姉ちゃんに対してごめんなさいって気持ちもあったけれど今更ってやつだ。

「よ～し、今日も相坂と楽しいことしちゃうもんねぇ～」

早く予約催眠の発動する昼休みにならないだろうかと、そう考えるだけで鼻の下が伸びてしまう。

眠たい中、学校まで向かうこの時間が億劫《おっくう》だったはずなのに今は本当に楽しみで仕方ないんだ——これぞ正にエロの力、やはりエロが世界を救うというのは真実らしい。

気分ルンルンと言った様子で歩き続け、生徒の数が増えてきたところで俺はある女子に目を向けた。

「あれは……」

艶のある髪を揺らし、堂々と歩く一際目立つ美少女——彼女は本間絵夢《ほんまえむ》と言って一つ下の後輩だ。

相坂ほどではないが彼女もスタイルが良く、クールな雰囲気も相まってとても人気の女子なんだが……彼女は氷の女王なんていう恥ずかしい異名を持っており、その理由はこっぴどく告白してきた男子を振るという姿から囁《ささや》かれるようになった。

「氷の女王ねぇ……くくっ、良いねぇ」

学年も違うので俺は本間と話したことなんてないしどんな人柄なのかも全く分からない。

性格はともかく見た目はとんでもない美少女なので、いずれはあの子も俺の魔の手に落としてみせる！　氷の女王だなんて呼ばれる冷めた女の子を好き勝手出来るなんて最高だろマジで。

「こうして更に俺の外道レベルも上がってくんだねぇ」

だから待ってろよ本間、いずれ必ずお前にはあられもない姿を披露させてやるからな

あ！

グッと握り拳を作った俺だが、そんな俺に前を歩く本間が振り返った。

「……え？」

握り拳のまま流石《さすが》の俺も硬直してしまい、どうすれば良いのか分からなくなってしまう。

まさか欲望が漏れ出たか、それとも声に出ていたか、色んな可能性を考えたが、本間は何もなかったかのように前を向いてそのまま歩いて行ってしまった。

「……なんやねん」

俺のそんな呟きは無情にも空気へ溶けていくだけだ。

ただあれは俺に振り向いたというよりは、何か気になって背後を見ただけにも思えるけど……まあ一言言わせてもらうなら、氷の女王と言われているのが分かるくらいに冷たさを纏《まと》う整った顔立ちでドキドキした。

「必ずやってやる……今はそれだけで十分だ」

相棒、覚えておけよ——あれもまた獲物だってな。

果たして本間はどんな姿を催眠時に見せてくれるのか、それを想像すると相坂の時と似た興奮が俺を襲う。

よくよく考えればこの学校には相坂同様、あの本間のように美人と言われている女の子は大勢居るので、まだまだ俺にとっての楽しみは尽きることがなさそうでワクワクする。

「おはよ～さん」

学校に着き、そして教室に着いてもワクワクは途切れない……それはつまりずっといやらしいことを考えていたというわけだ。

相坂や本間、そしてまだ見ぬ美少女たちのこと……それを考えていた俺にまさかの人物から声が掛かり、俺の思考は一瞬にして停止した。

「真崎《まさき》君、ちょっと良いかな？」

「……ほへっ？」

間抜けな返事をしてしまった俺が声の出所へ視線を向けると、そこに立っていたのは相坂だった。

「相坂……？」

なんで……？

どうして相坂が俺に声を掛けてきたんだ……？

クラスメイトだから別に珍しくはないんだろうが、それでもこんな朝っぱらに催眠状態ではない相坂が声を掛けてくることは……今までなかったはずだ。

まさか催眠のことがバレた？

そんなあり得ない不安を抱えた俺だったけど、相坂の表情からそうではないことはすぐに分かった。

「ほら、あれ」

「あれ？」

相坂がピッと指を向けたのは黒板。

その隅っこに今日の日直が俺と相坂であることが示されており、あぁっと納得するように俺は立ち上がった。

「ごめん相坂、すぐ行くよ」

「うん」

他の高校がどうかは知らないが、うちは朝礼前に日直が日誌を職員室まで取りに行くのが習わしだ。

忘れたりしても先生が持ってきてくれるのだが、そういう決まりであるなら真面目にやった方が絶対良いに決まってる。

「真崎君と日直をするのって初めてだよね」

「だな」

相坂の問いかけに頷き、言葉数少なめに職員室へと向かう。

先生から日誌を受け取り教室へと戻る途中、俺は何とも不思議な問いかけを相坂からされることに。

「ねえ真崎君」

「うん？」

「真崎君の声って落ち着くとか言われない？」

俺の声が落ち着く……？　一体何を言ってるんだこの子は。

ポカンとする俺を見て相坂はごめんごめんと苦笑し、どうしてそんなことを聞いてきたのか教えてくれた。

「いきなりごめんね。なんでそう思ったのか……う〜ん、私もよく分からないんだよね。でも何となく安心するっていうか、不思議な感じがしただけだよ」

「……ふ〜ん？」

どうやら俺の声には女性を安心させる力があるようだ……ってそうはならねえだろうがよ。

「ご、ごめんね本当に……気にしないで！」

「……おう」

大きな声にビックリしたが、それ以上に若干頬を赤くしている相坂が凄く可愛かった……なんというか普段絡みの無い俺に対してこんな風に接してくれる相坂を見ていると、最近流行《はや》りのオタクに優しいギャルを見ているみたいだ。

「まあなんだ……今日一日、よろしく頼むわ」

「うん、よろしくね」

ニコッと、相坂は微笑《ほほえ》んで頷く。

相坂ってマジで美人だし、こんなに表情豊かで嫌味《いやみ》の無い言動が多いんだからモテるってのが良く分かる。

だがしかし！　そんな彼女も俺の力から逃れる術はない……くくっ、今日の昼休みもたっぷりと付き合ってもらうからなぁ！

「……からの最低な時間の到来で〜す！」

さっさと時間は流れてまたまた昼休み。

いつものように空き教室を訪れた俺、そんな俺に遅れるようにして今日もまた相坂は催眠状態でやってきた。

「じゃあ相坂、またいつもの頼むわ」

「うん」

おいで、そう言わんばかりに腕を広げた相坂に俺は飛び込む。

ふんわりとした柔らかさを頬に感じながら、俺は朝のことを思い出しながら口を開く。

「いやさぁ。朝はあんなことを言ってくれたわけだけど、実際の俺はこんなことをしてるわけさ」

声が落ち着く？　不思議な感じ？

悪いが相坂、本当の俺はこんな風に意識の無い君を好き勝手しているだけのクズなんだよ。

スリスリと顔を押し付ければ、その強弱によって形を変える相坂の豊満バスト……う〜ん最高！

「……でも」

チラッと、俺は目線を上げた。

相変わらず光の無い瞳を俺に向け続ける相坂は間違いなく催眠状態、俺の言うことを忠実なまでに熟《こな》す人形と化している……こんな様子を見ていると、あんな風に言ってくれた相坂に対してとてもとても申し訳ない気持ちにさせられてしまうが、それでもこの最高の時間を手放そうだなんて思えるわけもない。

「……ふぅ、満足満足」

「もう良いの？　まだ時間たっぷりあるよ？」

顔を離した俺に相坂がそんないじらしいことを言ってくれた。

最初の内は俺の問いかけに反応するだけだったのに、最近は相坂の方からこんな風に聞いてくれることも増えた。

これって相棒の力なのか？　よく分からないが、相坂が催眠状態であることは疑いようもないだろ？　だってクソみたいな変態クラスメイトに、正気の状態でこんな提案をする女の子が居るはずもないからな。

「ありがとな相坂。でも今日は少し趣向を変えてだな……えっと、俺の腕を抱くようにしてくれるか？　ほら、恋人に寄り添うような感じで」

「分かった」

俺の言葉に頷《うなず》いた相坂は、俺の隣に移動しギュッと腕を抱いた。

「……最高かよ」

こんなものはエッチな行為でも何でもない……それなのに女の子にこうされることの満足感たるや素晴らしいものがある。

「良きかな良きかな」

相棒の力によって相手を征服する興奮はもちろん良いんだけど、それ以上にこういうことで幸せを享受するのもまた最高だ。

俺は腕に感じる大きな膨らみについて、堂々と相坂へと質問する。

「こんだけ大きいと色々大変じゃないか？　胸の大きい女性って下着とか選ぶの大変って聞くし」

普段なら絶対に聞けないこともこの通りである。

「うん。お金は掛かるし肩も凝るから……それにいやらしい視線もたっぷり浴びちゃうね」

「それは仕方ないなぁ。こんな立派な物があれば、男なら誰だって見ちゃうっての」

現に俺がそうだし、何なら顔面で味わったりしてるし。

俺が知ってる催眠アプリ物ってエッチするだけだし、相手は特に会話をしたりしないしで……言うことを聞くだけじゃ味気ないものだと思ってたのに、こうやって会話が成立するから本当に楽しくて仕方ない。

相手が催眠状態であっても会話が成立するだけでなく、棒読みでもないから普通に喋っている感覚になれるのも素晴らしい。

「楽しいの？」

「めっちゃ楽しいよ。俺、相坂に催眠掛けて良かったわ」

堂々とこんなことを言える俺も中々の悪に染まったもんだ。

何度も言っているが、これから先のステップに進めてこそ俺は更に上へと至れる……それなのに。

「……なあ相坂」

「どうしたの？」

俺の問いかけに、彼女は無表情で返事をした。

感情の起伏に乏しい声音のため、彼女の言葉には俺に対する心配の色は見えない……だが、この無表情と光の無い瞳の向こうに本来の彼女が見えてくるんだ。

「君は……ぶっちゃけどう思ってるんだ？　このやり取りを」

本来の相坂はこのやり取りを何も覚えてはいない……だからこそこの問いかけは無意味に等しい。

俺は一体……相坂に何を求めてるんだろう。

催眠状態の彼女は嘘《うそ》を吐《つ》けないからこそ、今の相坂が何を思っているのか俺はそれを聞きたかった。

「私、このやり取り好きだよ？　全然嫌じゃない」

「……ふぇ？」

好き……嫌じゃないだって？

おそらく今の俺の顔は凄まじく呆気《あっけ》に取られたもののはずだ……相坂はそんな俺を気に

した様子もなく、抑揚のない声音で続ける。

「絶望の底に居た私を真崎君は救ってくれたんだよ？　あいつがおかしくなったのも全部、真崎君がやったんでしょ？　前にも言ったけど凄く清々したし……それに逐一私のことを心配して、誰にも言ってないこれのことも気に掛けてくれるじゃん」

相坂は腕捲《まく》りをして薄くなった傷痕を露《あらわ》にした。

もう新しい傷が出来てないのはもちろんだけど、元々あった傷も前に見た時に比べれば全然マシだ。

「い、いや……だからって俺がやってるのはだな――」

「真崎君の声……凄く落ち着くし、真崎君から感じる優しさとか気遣いは本物だって分かるから。心に響く真《ま》っ直《す》ぐな気持ちが伝わるから」

「……そうか……そうなのか」

へぇ《え》……なら良いのか？

俺は本当に何も悪いと思うことなく、ただただこの時間を満喫しちゃっても良いってことなのかい？

それ以上は口にする言葉がなくなったのか相坂は沈黙した。

「って、俺はどう反応すりゃ良いんだよ！」

こんな風に言われるなんて予想外すぎる！

自我がない催眠状態なのに、それでも俺って単純だから舞い上がっちまうぜ。

だって本当の相坂は俺が助けたこと、そして相棒の存在さえも知らないんだからな……

けど、こんな風に言われたら興奮して色々と言いたくなっちゃうじゃないか！

「な、ならこれからも思う存分好き勝手しちゃうからな⁉　良いんだな相坂⁉　今更やっぱりダメとかなしだからな⁉」

「うん」

言質《げんち》取ったぞ？　絶対に取ったからな⁉

抱きしめられている腕とは別の腕を思いっきり天へ持ち上げてガッツポーズをする……

ふへっ、これで心置きなくこれからも相坂に催眠を掛けられるってもんだ。

「いやぁ今日も最高の時間だったわ。それじゃあ相坂、戻って良いぞ」

「うん」

相坂が教室を出て行った後、俺も遅れる形で教室に戻った。

さて……俺はこうして昼休みに催眠状態の相坂と疑似逢引《あいびき》をしているわけだが、当然のようにこんなことを友人二人から言われてしまう。

「なあ、昼休みにどこで何をしてんだ？」

「ずっと居なくなってるよな？」

「……あ～」

それは最近の俺を見ていれば出てくる至極当然の疑問だろう。

俺としてもついに来たかって感じだったが、こんなのは想定済みで答えを用意していないわけがなかろう。

悪党は表情を変えずに嘘を吐き、そしてその嘘をさも本当のように語るものだ。

「実は最近、腹の調子が悪くてさ……すまん」

「マジか……大丈夫か？」

「下痢か？　気を付けろよ～」

割とマジで心配されたことに心の中で申し訳なさが溢《あふ》れたが、相坂との時間を天秤《てんびん》に掛けたら圧倒的にあっちの方が大事だからな……だからごめん二人とも、俺は欲望を手にし続けるため嘘を吐くわ。

ちなみに相坂の方も同じことは聞かれていたみたいだが、催眠というのはとても都合の良いものらしくそれっぽい理由を相坂に植え付けているようで、彼女の方は特に怪しまれてはいないらしい。

「なあ相坂、最近何してんだ？」

「そうだぜ。昼休みに居なくてつまんねえんだけど」

「ちょっと、茉莉《まつり》はちゃんと説明してるでしょ？」

「しつこく聞くとか嫌われても知らないわよ？」

相坂のことがあそこまで気になるのは男子だけのようで、しつこく聞いているのも彼らくらいのものだ。

今まであまり気にしたこともなかったけど、ああやって相坂の周りに集まる彼らは全員でないにしろ彼女に気がありそうだな……まあ俺としてはあんな目立つ連中を出し抜けているようで機嫌が良い。

そして時間は流れ放課後になり、相坂と向かい合って仕事の仕上げだ。

「ふんふんふ～ん♪」

「………………」

日誌を書く相坂は鼻歌を口ずさむくらいに機嫌が良いらしく、俺が傍《そば》に居るのも忘れるくらいの勢いで日誌をどんどんと埋めていく。

黙って見ているだけの俺が逆に除け者《のけもの》に思えてしまうが、こうして見ていると相坂って字が凄く綺麗《きれい》なんだなとか色々と発見も多い。

「相坂って字が綺麗だな」

「そう？　まあこれでも昔は書道のコンクールで入賞してたしね」

「そうなんだ」

「うん。真崎君はそういう経験ないの？」

「生憎《あいにく》と全然だな……つうか俺、字が汚い方だからさ」

自慢じゃないが俺は字がそこまで綺麗じゃない。

読めないほど汚いわけじゃないけど、出来れば女の子にじっくりと見てほしくないくらいには字が汚い。

「それならちょうど良かったじゃん。私が全部書いてるし」

「いやほんとに助かるわ……って、それじゃあ俺が仕事してなくてダメな気がするぞ」

「それもそっか。じゃあ残りは真崎君が書いてよ」

日誌を差し出した相坂はニコッと微笑《ほほえ》み、彼女の使っていたシャーペンも俺へと差し出す。

「えっと……自分のあるけど」

「良いよ。それ使っちゃって？」

「……うん」

彼女の握っていた体温が残るシャーペンを受け取り、俺は残り少しの欄を埋めていく。

先程相坂に言ったように俺が書く字は決して綺麗じゃない。

だが相坂がジッと見ている手前でもあるので、俺はゆっくりと出来るだけ綺麗に書くのを心掛けていたが……途中からは開き直ってササッといつものように手を動かしていた。

「そんなに汚いかなぁ……普通じゃない？」

「お世辞でもそう言ってくれるのは嬉しいよ」

「そんなつもりないんだけどねぇ」

ニコニコと、何が楽しいのか相坂はずっと笑顔だ。

一つの机を挟んで向かい合うこの状況……催眠状態でない相坂とこんな近い距離に居るなんて、こうして日直の仕事をする以外ではほぼほぼあり得ない距離感だろうな。

「…………」

「ふふっ♪」

それにしてもなんで……相坂はこんなに楽しそうなんだろう。

チラッと盗み見るように彼女に視線を向けた時、偶然に相坂も俺の顔を見ていた……そのせいでガッチリと互いの視線が噛《か》み合ってしまい、初心な俺はサッと視線を逸《そ》らす。

「こら、サッと視線を逸らしたら相手を傷付けちゃうよ？」

「……ごめん」

すんません……でも、これは仕方ないと思うんだ。

普通に相坂と話すのが慣れてないのはもちろんだけど、自我のない相坂にあんなことやこんなことをしてるわけだし。

「それで……なんかあった？」

「ううん、見たくて見てただけ」

「…………」

なるほど、こうやって女の子に男は勘違いするわけだ。

果たして相坂の周りに居るあの連中の何人がこの子に落ちたのか……まあ俺からすればどうでも良いことか。

「よしっ、終わった」

「だね。それじゃ、先生の所に行こっか」

相坂と共に教室を出て職員室へと向かう。

終礼が終わってからそこそこの時間は経《た》っているため、好んで教室に残る生徒以外の姿はなく、教室もそうだけど廊下も静かで大変歩きやすい。

「てか相坂は先に帰って良いぞ？　これを渡すだけなら俺で十分だし」

「渡すまでが日直の仕事でしょ？　最後まで付き合わせてよ」

……この子、ホンマにええ子やで。

内心でこれでもかと感動し、帰る前にまた催眠を掛けて好き勝手しようかなと最低なことを考えながら職員室に着く。

「二人とも、今日の日直お疲れ様。気を付けて帰りなさい」

「うっす。さよなら先生」

「さようなら〜！」

俺も相坂もそれから真っ直ぐに教室へ戻り、荷物を纏めてほぼ同時にまた教室を出た。

晃《あきら》は部活で省吾《しょうご》は既に帰り、相坂の方も友達はみんな早々に帰ったようでお互いに一人と……それは良いんだが、相坂にさよならと声を掛けて教室を出るとすぐ彼女は待ってと追いかけてきた。

「どうした？」

「流石《さすが》に素っ気なさすぎじゃない？　残ってるの私たちだけなんだから下駄箱《げたばこ》くらいまでは一緒に行こうよ」

そう言って相坂は当たり前のように隣に並んだ。

「相坂って……コミュ力お化けだな」

「お化けって酷くない？　でも貶《けな》されてるわけじゃなさそうだから良しにしとこっかな」

全然貶してないしむしろ褒めてるよ。

しかし……こうして相坂と二人になってしまうと、どうにか相棒の力を使ってどこかに連れて行きたい気分にさせられる。

昼休みで満足出来たと思っていただけに、一度考えると中々この欲望は消えてくれないらしい。

（そもそも相坂が悪いんだぞ？　朝に俺の声が落ち着くとか、さっきのさっきまですっげえ楽しい時間を提供してくれたから）

ただの日直の仕事だというのに、相坂との時間は本当に楽しかった。

話していた内容は世間話に等しいとしても、普段通りの相坂と話をすることがああも新鮮というか嬉しくなるなんて思わなかったぜ。

「……やるか」

すまん相坂、やっぱりこのまま帰るのは我慢ならねえわ。

俺は即座にスマホを取り出して相棒を起動……しようとしたのだが、残りの充電を見てハッとする。

（充電がもうねえ……だと!?）

そう……充電が、俺の命がもう尽きかけていた。

もはやこの相棒の宿るスマホは俺の半身と言っても過言ではなく、残り二十パーセントの充電が俺の命の灯……あぁ、なんてことだ。

「ちょ、ちょっと真崎君!? 凄《すご》い顔が青いよ!?」

「相坂……俺はもうダメかもしれん」

「真崎君!?」

一体何があったのと俺の肩を揺らす相坂に、俺はボソッと正直に言う。

「充電が……もうねえ」

そう言った時の相坂の目を俺はたぶん忘れないと思う。

一瞬目を丸くしたかと思えば、心配して損したとホッと優し気な眼差《まなざ》しに変わったことに。

そうなんだ……相坂は呆れたりするのではなく、安心したように俺を見てくれたんだよ。

「スマホを見て顔色が変わったからショックな連絡でも来たのかって心配しちゃったよ」

「ごめん……マジでしょうもないことだ」

どんだけ相坂良い奴《やつ》なんだよ本当に……俺、こういう子と将来結婚したいって本気で思うわ。

不相応なことでも考えるだけならタダだし、これくらいは好きに思わせてくれ。

「あ〜あ、これからどうしよっかなぁ。友達は遊んでると思うけど、今から合流するのもねぇ」

「相坂の友達のことだから待ってるもんと思ってたけど」

「私が今日は終わったらそのまま帰るって言っちゃったからね。ああでも言わないとあの子たちはともかくあいつら残り続けるし」

「……ふ〜ん」

あの子たちというのは仲良くしている女子たち、そしてあいつらというのは相坂に言い寄っている男子たちだろうか……何となくそんな気がする。

「相坂も苦労してんだな」

「友達付き合いって楽しさと面倒が半々みたいなもんだよ。真崎君はそういうことない？」

「俺は特に普段の面子と一緒に居て疲れたりは……ないかな」

「普段の面子って言うと向井《むかい》君と遠藤《えんどう》君かな？」

「そそ」

もちろん他にも友人は居るけれど、普段の面子と言えば彼らだ。

「あいつらは……良い友達だよマジで」

元々俺たち三人は最初から一緒に居たわけじゃない。

省吾とは席が隣になった時に漫画とアニメのことで話が弾み、晃とは体育の時にサッカーで同じチームになったのがきっかけで……なんつうか誰かと友達になる瞬間って急なもんで、それで後になって気付けば友達になってるもんなんだよな。

「……真崎君、凄く優しい顔してるよ？」

「え？」

「それだけ友達のことが大切なんだねぇ」

「…………」

改めて言われると照れちまうな……。

その後、相坂が言ったように俺たちが一緒だったのは下駄箱まで……靴を履き替えた彼女は笑顔で手を振り歩いて行った。

「……不思議な時間だったな」

本当にそう思う。

そもそもこんな風に不思議に思ったのは相坂とあそこまで話せたこと、より具体的に言えば終始砕けた雰囲気で……それこそああやって近くで長い時間話したのは初めてなのにだ。

「催眠状態の相坂と話をしていたから……か？　たぶんそんな気はするけど、相坂の方があんな風に俺に対して友好的だなんてなぁ」

いや、そもそも相坂は誰とでも仲良くなれるタイプの人間なので、俺だからあんな風に優しいということはないはず……なるほどこれが相手の男を勘違いさせるってことかやっぱり。

「……俺も帰ろっと」

いつもなら面倒だし面白みのない日直の仕事も、今日は相坂のおかげで本当に楽しかった。

このお礼はまた明日、催眠状態の彼女に好き勝手するという形でさせてもらおうかな。

「お、甲斐じゃないか！」

「っ⁉」

完全にエロエロな妄想のせいで気が抜けており、遠くではあったが名前を呼ばれてビクッと肩が震えた。

声の在《あ》り処《か》に視線を向けるとそこに居たのは部活中の晃だ。

ユニフォームをグラウンドの土で汚し、汗を掻《か》いたその姿は彼のそこそこ整っている顔面に憎たらしいほど似合っている。

「日直の仕事、今終わったのか～？」

「お〜う！　これから帰るところだ〜！」

「そうか〜！　相坂に失礼なことしてないか〜？」

お前はなんてことを響く声で聞いてんねん……既にもうやってるけど。

馬鹿野郎という意味を込めて中指を立ててやると、晃はケラケラと楽しそうに笑いながら練習に戻って行った。

「……相坂に言ったこと、取り消そうかな」

そうは思ったが、必死に駆け回る彼を見ているとそんな気持ちも失《う》せて行き、俺は自然とこんな言葉を漏らしていた。

「頑張れよ……三年だし、今年が最後だからな」

……俺らしくないなと頭を掻きながら、学校を後にするのだった。

学校から少し歩いたところでスマホが震え、充電が残り僅かなのに誰からの連絡だよと顔を顰《しか》めたが、送り主の名前は省吾だ。

『新しく出来たメイド喫茶めっちゃ良さそうだぞ！　今度、晃も連れてみんなで行こうぜ！』

内容としてはそんなもの……ったく、明日でも良いだろこんなの。

顔を顰めた俺だったがやっぱりそれは間違っていなかった……けどこの文面からどうし

ても行きたいんだという興奮と期待が見え隠れし、いつも変わらないなと苦笑する。

笑った時の俺はもちろんしかめっ面なんかじゃない。

「なんつうか……悪くないなこういうのって」

友人に囲まれて過ごす日々……うん、本当に悪くない。

この尊い気持ちを糧に、明日もまた相坂に……そして新しくターゲットに選んだ本間に対し好き勝手しようじゃないか！

「ははっ、最低だなおい」

俺はそう言って笑い、また明日から訪れるワクワクなパラダイスに胸を躍らせるように帰路に就くのだった。

▼▽

日直を通しての相坂との時間を過ごした翌日のことだ。

俺は昨日断言していたように昼休みになった瞬間、速攻で空き教室へと向かい相坂がやってくるのを待った。

そして訪れた催眠状態の彼女に抱きしめられ、最近の日課でもある最高の時間を謳歌《おうか》する。

「やっぱこの柔らかさだぜぇ……」

「気持ち良いかな?」

「めっちゃ気持ち良い」

「いつでもしてあげるね」

相坂ぁ……ほんまに最高やで!

俺を見ている彼女はやはり無表情で昨日の面影はない……もしも今この瞬間に催眠を解いたら、きっと彼女は大きな声を出して俺を拒絶するんだろうなぁ。

そこには昨日の優し気な姿はなく、完全に俺を敵と見なし憎悪の目を向けてくるはずだ……絶対に催眠が解けないよう気を付けないと。

「ほれひゃあへいひほうほふを……」

あ、胸に顔を埋めたままじゃ全然喋れねえや。

ちゃんと喋れるように口元のスペースを確保し、相坂にいつものあれを聞くことにした。

「それじゃあ定期報告を――腕に傷は出来てないな?」

「うん」

「家族とは大丈夫そうか?」

「うん」

「元カレはちょっかい掛けてないか？」

「うん……ありがとう真崎君」

「良いってことよ。こうやって俺も対価をもらってるんだからさ！」

すりすりぃ……すりすりぃ。

……いや、流石《さすが》にキモイか。

「……キモイ？」

「そんなことないよ」

あらあらまああ、それならもっとすりすりしちゃうもんねぇ。

相坂がそんなことないと言ってくれたので俺も少しだけリミッターが外れ、もう少し強くすりすりと相坂の胸に顔を擦り付ける。

「なあ相坂」

「なに？」

「実際の君は何も覚えちゃいないだろうし、こうして催眠状態の相坂だからこそ聞けることだけど……何かあったら言ってくれよ——出来ることがあれば俺が助けてやるから」

「……うん。ありがとう真崎君」

俺がというより、相棒の力をこれでもかと使ってだけどな。

相坂は俺の言葉が嬉しかったのか、少し抱きしめる力が強くなり更に胸が押し付けられた。

この感触……どれだけ味わっても飽きない魔性の魅力がある。

「これのおかげで何だかんだ、本間に手が向かないんだよなぁ」

相坂の次は本間だって意気込んだのに、こうして相坂とのやり取りで満足しちまうんだ俺は。

そもそも本間とは学年も違うので行動パターンが読めないのと、基本的に彼女を見る時は周りに三人以上人が居る……はてさて、いつになったらあの氷の女王に俺は手が出せるのやら。

「本間って誰?」

「ほら、氷の女王って呼ばれてる後輩の……むがっ⁉」

相坂に本間のことを口にした瞬間、かなり強い力が俺を襲った。

今までと同じように胸元に顔を埋めているのは間違いないのだが、俺が離れようとしても離れられないくらいの強い力で頭をロックされている。

(ちょ、ちょっと相坂⁉)

幸せなんだけど⁉　幸せな感触なんだけど力強すぎぃ!

参った参ったと言わんばかりに相坂の背中をトントンと叩《たた》いたら、ようやく彼女は俺を解放してくれた。

「……もしかして俺、もっと強くしてくれとか言ってたか？」

「…………」

相坂は黙り込んだが、ジッと俺を見つめている。

心なしかその表情に怖いモノを感じるのは気のせいか……まるで睨《にら》まれているように思うんだけど嘘《うそ》かな？

「相坂……さん？」

「なに？」

「……何でもないっす」

念のためスマホを確認したが相棒は起動したまま……まあ俺としても今のは決して嫌なものじゃなかったし、むしろ幸せな感触をグッと味わえたからプラマイゼロってことにしよう。

いつもより早くはあったが相坂を教室へ帰し、俺も教室に戻った。

「今日も腹痛かよ」

「大丈夫か？」

「あ～うん平気平気」

嘘を吐《つ》いてごめん二人とも。

そう心の中で謝罪した瞬間、ちょうど良く尿意が襲ってきたのでもう一回トイレに行くという体で教室を出ると、晃もトイレに行くと言って付いてきた。

そしてその帰り、俺は一人の女子に目を付けたのだ。

「あれは……」

「うん？　あぁ地味子じゃん」

晃が口にした地味子とは、隣のクラスに在籍する女子……つまり、今目の前を歩いている女子——我妻才華《あがつまさいか》のことを指している。

腰ほどまでの長い黒髪が特徴だが、目元も綺麗に隠れている。

ひと昔前に流行《はや》ったホラー物に出てくる女を彷彿《ほうふつ》とさせる見た目が少々不気味だが、体を丸める猫背のような姿勢もそれを助長していた。

そんな我妻はクラスでいつも一人らしく、自己主張もなくて周りと関わりを持たないので地味子と揶揄《からか》われているんだとか。

「イジメられたりはしてないんだよな？」

「そこまでは行ってないみたいだな……でも、他の女子の揶揄いがエスカレートすればばちょい分からんかもしれん」

「なるほどな」

俺もそうだが、晃も我妻とは一言も口を利いたことがないので、彼女の様子は人伝《ひとづて》に時々耳に入る程度だ。

（なんつうか……ああいう地味な子ってエロいもんな）

ちなみにこれ、漫画の受け売りだから実際は知らん。

でもあんな風に周りに壁を作る子だからこそ、相棒の力を使った時にどんな姿を見せてくれるのかはすげえ気になる。

「ああいうのが気になるのか？」

「いや別に。でも顔立ちは整ってそうだけどな」

髪の間から見えた顔立ちは凄く綺麗そうだけど、それをマイナスにしているのが我妻の持つ暗い雰囲気なんだろう。

「闇がありそうな気がするわ」

「あ、それは俺も思った」

本間の時と違い、我妻はこうして見ていても振り向くことはなかった。

彼女はずっと猫背のまま、どんよりとした空気を醸し出すようにして教室に消えて行き、俺たちはその後特に我妻に関して話すこともなく教室へと戻るのだった。

（さっきも思ったけど、ああいう子が実はエロいとかあるんだよ。そう古事記にも書いてあるからなぁ！）

それに確か……これはうろ覚えだけど我妻ってめっちゃスタイルが良くなかったっけ？

普段は猫背で分かりにくいんだが、体育の時間とかで体操服姿の時に胸がめっちゃ大きいとか誰かが言ってたような……気のせいかもしれないけどそれは是非とも確かめねば！

そんなこんなでエロの妄想を脳内で繰り広げることで、授業中に襲い掛かる眠気を追い払いすぐに放課後がやってくる。

「じゃあ俺は部活行ってくるわ」

「頑張れよ～」

「怪我《けが》すんなよな。甲斐はもう帰るか？」

「いや、俺には使命があるから先に帰ってくれ」

「なんだよ使命って……最近付き合い悪くね？」

「すまんすまん。いずれ埋め合わせはするからよ」

「ま、別に良いんだけどさ。じゃあな！」

すまねえ省吾。

我妻を催眠状態に出来る隙を窺《うかが》うために、俺は彼女の行動パターンを予習しないといけないんでね。

そうは言っても我妻にストーカーするのではなく、それとなく彼女のクラスの生徒に話を聞くだけだが……まあ相棒の力を使えば一発よ。

「さ～てと、行くか……？」

サッと勢いよく立ち上がったその瞬間、ちょうど教室を出ようとしている相坂とバッチリ視線が噛《か》み合った。

そのまま友人たちと出て行けば良いのに、彼女は俺の方へと歩いてくるじゃないか。

「やっほ～真崎君」

「お、おう……」

あの……声を掛けてくれるのは嬉しいんだけど、俺たちって普段全然喋《しゃべ》らないから後ろの連中……特に君に気がありそうな男子たちの目が怖いんですが。

「え、アンタたち絡みあったっけ？」

「凄く意外……あぁでも、日直一緒だったね」

「うんうん♪　それもあるけど真崎君と話すの楽しいんだよ？」

「へぇ」

「そうなんだ」

女性陣の受け止めは悪くなさそうだけど、ギロリって睨んどる！　男子がめっちゃ睨んできてるって！

「ね、真崎君」

「うえっ!?」

「なんでそんなに驚くの？　ほら、私たちすっごく話合うじゃん」

「……そうなのかな？」

「そうだって言ってよここは」

パシンと軽く肩を叩かれた。

まあ話が合うとか以前に、とても濃厚な絡みをしてますけどね～。

「これからみんなとボウリングにでも行こうかなって話をしてたんだけど真崎君も来ない？」

「えっと……俺も？」

いや俺には大事な使命が……でも、まさかこんな誘いを受けるとはな。

俺なんかと違い明らかな陽キャ集団に交ざるのは怖いけど、こうして相坂が誘ってくれたのは素直に嬉しい。

だがしかし、今の俺は我妻を探している変態紳士なのでこの誘いに頷くわけにはいかなかった。

「おいおい冗談だろ？　なんでこんな奴《やつ》を誘うんだよ」

「真崎なんざ誘う必要ねえだろ」

「…………」

言い方はともかく、男性陣からは受け入れられないようだ。

大して会話をしたことがないのにこんな奴と言われるのは癪《しゃく》だが、まあ彼らのことを考えたらそう言われてもおかしくないので逆に苦笑する。

ならここは彼らの言葉に甘えて俺から断るとしよう——そう思った俺だが、なんと相坂がそこで言い返したのである。

「なんでそういう言い方が出来るわけ？　確かに私個人の勝手で誘ったのは間違いないけど、そこまで言う必要はないよね？」

俺の位置から相坂の顔は見えない……けど、相坂の声から強い怒りを感じたのは確かだし、スッと男子たちが視線を逸《そ》らしたのでよっぽど怖い顔をしてるんじゃなかろうか。

「……悪い」

「ちっ……」

思いっきり舌打ちされたことは別に気にならない。

彼らにどう思われようが、普段から仲良くもない相手に何を言われたところで何も響かないから。

「誘ってくれてありがとう相坂。今日はちょい用事があるんだ……だからもしもまた良かったら誘ってくれ」

「……うん。分かったよ」

残念そうにしてくれたのも凄く嬉しかったが……う～ん、一緒に日直をしたとはいえこうもいきなり会話出来るようになるもんなのかって、そう何度も考えてしまう。

手を振って離れていく相坂を見送り、大きく息を吐く。

「あの様子だと俺があの面子の中に入ることは無さそうだが……催眠状態じゃない相坂と出掛けるのはちょっと憧れるかもな」

しばらくボーッとそんなことを考え、俺はハッとするように我妻のことを思い出して教室を出るのだった。

結論としては、既に我妻は帰っており会えなかった。

減っていた充電に鞭《むち》打つように我妻のクラスメイトに催眠を掛け、我妻のことを色々聞いてみたが……やはり我妻は外に壁を作っているようで親しい友人は居ないらしい。

「……またの機会にするか」

ただそのまま家に帰るのも勿体《もったい》ないと思ったので、どこかに出掛けているかもと予想を付けて省吾に連絡すると、ちょうど外に出ていたということで一緒に遊ぶことに。

男二人で遊ぶというのは華がないが、親友と遊ぶ瞬間というのはどんな時だって楽しいもので、別れる時には互いに笑顔だった。

「じゃあな省吾、めっちゃ楽しかったわ」

「俺もだ。またあのゲーセンで対戦しようぜ」

「おう！」

省吾と別れ、一人歩きながらアプリを眺めていると、ふと疑問が湧いてきた。

「……つうかさぁ相棒、なんで俺の下にやってきたんだ？」

相棒が俺の下にやってきてそこそこ時間は経《た》ったが、いまだにどうして相棒が俺のスマホに宿ったのかは判明していない。

そもそもこんな力が存在していること自体不思議なのだが……いつかそれが解明される日は来るのかな？

「仮に判明しなくても、こんな素晴らしい力を手放したくはねえが」

一度考えると止まらなくなるのは悪い癖だが、これに関しては一生の謎になりそうなの

で考えても無駄かもしれん……しかしそれでも考えてしまうのはどこまで行っても相棒

――催眠アプリが本来この世界にあるはずがない超常的な力だから。

「そもそも相棒はどうやって生まれて、今までどう存在していたんだ？」

……謎は多いし知りたいことは山ほどある。

それでも当然のように相棒は……催眠アプリは俺の問いかけに答えてくれるようなことはなく、沈黙を保ち続けている。

いきなり文章が浮かんで答えてくれてもそれはそれでホラーだけど、それでも答えてほしくはあるんだがそう都合良くはないいんだなこれが。

「……こんだけ不思議な力なら答えてくれても良いだろうに」

せめてもの抵抗をするように、何度もアプリを起動しては落としたりを繰り返したが反応は無し……はぁ、帰ろ。

これ以上は無駄だなと諦め、俺は歩き出した。

ここから帰ると途中で相坂の家の前を通るなと思ったが……どうやら今日はもう少し頑張らないといけないらしい。

「……うん？」

相坂の家の前……二人の男女が向かい合っていた。

それが誰なのかはすぐに分かった——相坂と、もう一人は彼女を追い込んだあの男……元カレだ。

「懲りねえ野郎だな」

相坂から話を聞いているので、今まであの男は大人しくしていたはず。

つまり今日になって絡んできたということか……まさか今日に限ってこんな場面に出くわすとは。

「またやっちまう……か？」

俺には相棒が居る……だからこそ恐れるものは何もないと、そう思ってスマホを手にして俺は最悪なことに気付く。

「やべ……充電終わってる」

充電は残り二パーセント……これではアプリを起動しても、すぐに電池が切れてしまい途中で催眠が切れる恐れがある……使えないな。

「仕方ねえか」

腹を括《くく》るように俺は二人の下へと歩き出す。

相棒が使えないからって無視をするのも気が引けた……そもそも一方的に俺は相坂のことを好き勝手している。

そして何より彼女に俺は言ってしまったから——何かあれば助けると。

たとえ催眠状態の相坂と交わした約束ではあっても、そもそもこんな状況を見て見ぬフリはしたくない。

これって相手が相坂だから……？

まあいいや、今はそんなこと気にせず彼女を助けよう。

「何してんだよ。この全裸駆け回り小僧がよぉ」

煽《あお》り全開？　うるせえ、イケメンには厳しいぞ俺は。

五章

次から次へと問題ばかりだぜぇ!

SAIMIN APP de yumeno HAREM seikatsu

相坂《あいさか》を背に俺は元カレと向かい合っていた。

まるでお姫様を守る騎士のような気持ちになってしまうが、生憎《あいにく》と俺はイケメンじゃねえしやっていることも外道中の外道……いやぁ正義のヒーローには程遠いぜマジで。

「真崎《まさき》君……どうしてここに」

「……てめえっ!」

俺が現れて目を丸くする相坂、そして元カレ……確か名前は村上《むらかみ》だった気がする。

村上は俺を親の仇《かたき》のように睨《にら》み付けてくる。

「ちょうど帰り道だっただけだ。頼りないと思うけど後ろに居てくれや」

「……うん」

ただ……今日思いっきり男子を怯《ひる》ませる目力を相坂はしていたし、俺がこうして間に入らなくても大丈夫な気はしていたけどね。

まあでもちょっと恰好《かっこう》を付けたいというか、そんなどうしようもない気持ちでここに立っていたりする。

「……さてと」

　俺は改めて、睨み付けてくる村上を見つめ返す。

　相変わらず憎たらしいほどのイケメンっぷりだけど、こいつはこの近所を全裸で走り回ったせいで面目丸潰れのはずだ……それでもなお、こうして相坂の前に出てこられたのは大した度胸だ。

「色々と噂《うわさ》は聞いてるぜ？　随分と凄《すご》いことをやったみたいじゃんか」

　煽るようにそう言ってやれば分かりやすく村上は目付きを鋭くする。

　最近、俺にとって良いことばかりが起きすぎているのもあるし……そもそも相棒という力を手に入れたことで気が大きくなり、調子に乗っている感は否《いな》めない。

　言葉もそうだし表情さえも村上からすれば特大の煽りに見えたようで、奴は唾を飛ばす勢いで口を開いた。

「てめえ……てめえに会ってから全部おかしくなった！　てめえがしゃしゃり出たせいで全部おかしくなったんだよクソッタレが！」

　確かに村上があんなことをしたのは俺が原因なので、奴《やつ》が言ったことは何も間違っちゃいない。

何をされたのかに関しては当然気付いちゃいないけれど、俺のせいでおかしくなったというのは百点満点だ——ただまあ、もはや同情もしないし哀れにも思わないが。

「知らねえよ。お前が勝手にあんなことを仕出かしただけだろ？　つうかよくもあんな恥を掻《か》いた後にこうして相坂の前に出れたもんだ」

「……黙れよ。これはてめえには何も関係ねえ……俺と茉莉《まつり》の問題だ！」

ふ〜ん……何となく見えてきたな。

後で相坂に聞いてみたいところではあるけど、もしかしたらこいつは相坂とよりを戻そうとしてるんじゃないか？

俺が原因とはいえあんなことをしたわけだし、今のこいつにはおそらく何も残っていない……悪い友達は残っているかもしれないが、かつての恋人でもある相坂なら愚かにも頼れるのではと思ったのかもしれない。

「そもそもなんでてめえが対等かのように俺たちの間に居るんだよ。身の程を知れよカス野郎が——茉莉に良いところでも見せたいってか⁉」

なんというか……怒りに任せて周りが見えなくなっている姿ほどみっともないことはないなって思う。

彼の怒りの矛先は間違いなく俺に向いているのだが、その怒りを正面から受けても全然怖くないし……むしろ心に余裕さえあった。

「相坂はクラスメイトだ——助けに入る理由は十分だろ」

それっぽいことを口にすると、村上はこちらへ一歩踏み込む。

「恰好付けてんじゃねえよ！　またあの時みたいにぶん殴ってやる。情けなく地べたに寝転がりやがれ！」

大きく振り上げられた腕に俺は目を瞑《つぶ》った。

痛そうだけどまた一発耐えるか……なんて思いつつ、また姉ちゃんや両親に心配をかけちまうなぁ……なんて自分でも驚くくらい冷静に考えていた。

しかし、村上の拳が俺に届くことはなく……パンと、何かを叩《たた》いたような音が響き渡るのだった。

「……あ」

「っ……」

サッと俺の前に相坂が立ったかと思いきや、村上の頬を思いっきり引っ叩《ぱた》いたのである。

唖然《あぜん》としたのは俺もそうだが村上もらしく、彼は叩かれて赤くなった頬に手を当て、信じられない物を見るような目で相坂を見つめた。

「いい加減にしてよ。私とアンタはもう終わった……私にとってアンタはもう幼《おさな》馴染《なじみ》でも何でもない！　そして何より、真崎君に何かしようものなら絶対に許さないから」

「……クソッ」

相坂にここまで言われてしまっては村上は何も言えないらしく、俺と相坂に向け忌々しそうに舌打ちをして去って行った。

その後ろ姿が見えなくなるまで見つめた後、俺は全身の力が抜けるかのようにその場に腰を下ろす。

「……はぁ～」

一発殴られるくらいは覚悟していたし、何より俺は気が大きくなって調子に乗っていた……それでも慣れないことだということで、知らず知らずの内に体は緊張しまくりだったんだろう。

「真崎君⁉」

「すまん相坂……ちょい体の力抜けちまった」

慣れないことはするもんじゃねえなぁ……まあでも、相坂に何もなくて良かった……そう考えると、こうしてこの場に居合わせたのは悪いことじゃなかったのかな。

「大丈夫？」

「あぁ……よっこらせっと」

体に力を入れて立ち上がりズボンの汚れを落とす。

相坂に何もなくて良かった、それじゃあとその場を離れようとしたが出来なかった……

相坂が制服の袖を握ったからだ。

「相坂？」

「……ねえ真崎君。今の出来事……それじゃあで終わらせられない色々と気になること聞いちゃったもん。少しだけ……お話できない？」

「……あ〜」

確かに、それだけのことを村上は言っちまったもんな。

どうしようかと一瞬迷いはしたものの、どうしても話を聞きたそうな表情の相坂に見つめられては誤魔化《ごまか》して逃げることも出来ない。

相坂に手を引かれてほんの少し歩いた先の公園で、自販機で冷たい飲み物を買ってからブランコに腰かけ……そこで俺はこの状況における大変なことに今更《いまさら》ながら気付く。

（……って待てよ。今の状況めっちゃヤバくねえか……？　だって素《す》の相坂は俺がしたことを何も知らない……ということはだぞ？　村上との関係を俺が知ってるのも、いざこざがあったのも相坂からすればどうしてそうなったってことだろうし……どうしよ）

この間、僅かに二秒くらいの思考だったと思う。

いやいやいやいや！　これどうやって説明しよう……最近になって相坂と話をするようになったとはいえ、村上とのいざこざやあいつが元カレってことまで知ってるのはどう考えても不自然だ。

「ねえ真崎君……真崎君はどこまで知ってるの？」

「…………」

どこまで知っているか……その問いかけに、俺は変に隠してもボロが出ると思い素直に答えることにした。

もちろん相棒に関することなんかは伏せ、嘘《うそ》ではあるが絶妙に嘘ではないことを俺なりに口にする。

「……その、マジで本当に偶然だったんだ。相坂がちょこっと腕捲《まく》りをした時に見えちまってさ」

「あ……そうなんだ」

これだけで何が見えたのか相坂は察したらしい。

「そういうのがあるってことはそれだけ追い詰められてたってことだ。その時の俺は相坂とそこまでの絡みがあったわけじゃないけど、もしもこれ以上悪い方向に進んでクラスメイトの身に何かあったらと思うと……じっとしてられなかった」

安直な理由付けかなとは思いつつも、別に半分以上は嘘を言ってない。

当時あまり絡みが無かったのも本当だし、じっとしていられなかったのも間違ってないし……そもそも！　相坂に服を脱いでもらったら偶然傷痕が見えたのも間違ってないしな！

「とはいえ俺の見間違いの可能性もあるし、全く親しくも仲良くもない相手にそれを聞かれても相坂だって困るだろ？　だから俺も結局は何も出来ないのかなって思ってた時だった――さっきの奴が女子と一緒に歩いていて、茉莉っていう名前を口にしながら喋《しゃべ》っているのを聞いたんだ」

ある意味これも間違ったことじゃないぜ。

ただまあ変に怪しまれるのも嫌だったので、相坂が口を挟む隙がないようにとにかく言葉を止めなかった。

「その時に聞いた言葉は……もちろん気分の良いもんじゃなかった。相坂のことを悪く言うだけじゃなく、消えても良いだなんて言ってて……」

相坂にとっても気分の良い話じゃないはずだ。

これを面と向かって喋るのはどうかと思ったけど、相坂は特に表情を変えたりすることなく俺を見つめ続けている。

「それでまあ……気付いたら奴の前に立ってた。それで色々言い合いした後に一発殴られて……それが奴の言ってたまたぶん殴ってやるの答えだ」

「……あ、そう言えば頬が腫れてたこと……あったよね」

あのことは姉ちゃんや両親に心配を掛けたのはもちろん、学校でも少し視線をもらってたからなぁ……相坂とそのことを話したわけじゃないけどやっぱり見てたみたいだ。

「……痛かったよね」

「少しだけな。でも勲章みたいなもんだぜ」

心配そうにする相坂に対し、その必要はないと言わんばかりに俺はグッと親指を立てた。

「ただ……流石《さすが》になんであいつが全裸で騒いだのか、どうして相坂の家に説明しに行ったのかは分からん」

流石に村上の変化については詳しく話せない。

相棒……催眠アプリのことを目の前で実践でもして信じさせるのも手だけれど、そうすると俺の楽しい日々と人生がジエンドだ。

「ごめん相坂……何だかんだ分かることは——」

その時、そっと俺の頰に何かが触れた……相坂の手だ。

風に当てられて冷えてしまったその手にビクッとしたものの、頭に集まっていた熱を逃がしてくれるにはありがたい冷たさだった。

「もう腫れは全然ないけど……ごめんね真崎君。まさか私のせいでそんなことになってるなんて思わなくて」

「いやいや、謝る必要なんてないって。そもそも俺が君に何も言わず首を突っ込んだだけだ！」

なんか妙な空気になっちゃって俺も少しパニックだ……っ！

ギャル系美少女に頬を撫《な》でられるなんて漫画の主人公っぽい役回りをなんで俺なんかがされているのかはともかくあぁでもこれ悪くないしむしろ最高か……ふぅ、取り敢《あ》えず落ち着いて息を吸おう。

すぅすぅ……すぅすぅ……ってこれじゃ吸ってるだけじゃねえか！

俺はコホンと咳払《せきばら》いを一つした後、こう言葉を続けた。

「とにかく！　どうして奴が頭のおかしなことをしたのかは知らんけど、こういう形でちょっと知っちまってたんだ……俺の方こそ、相坂の秘密を知ったまま黙っててごめん」

「あ、謝らないでよ！　確かに友達には迷惑を掛けたくなかったから言ってなかったけど、私の不注意とか偶然目撃したとかなんだから文句なんて何も言わないから！」

それから一度、二度とお互いにごめんなさいと謝ってを繰り返し……そうして何度繰り返すんだと俺たちは笑った。

「仕方ないことだけど、俺たち謝ってばかりだな」

「そうだね。でもそっか……真崎君は私を助けてくれたんだね」

「だから助けたとかそういうもんじゃなくてだな」

「分かってるよ。その上で言わせてほしいな――たとえ偶然だとしても、真崎君が私のために動いてくれたのは確かなんだもん……だからありがとう真崎君」

そう言って、相坂はニコッと綺麗《きれい》な微笑《ほほえ》みを見せてくれた。

反則……反則だその笑顔は。

目の前で振り撒《ま》かれる眩《まぶ》しい笑顔……俺の目を焼き尽くすんじゃないかって言えるほどに眩しいそんな笑顔を、俺は今まで見たことがない。

俺はどうあってもお礼を言われるような人間じゃないし、逆にもっと謝らないといけない人間だ……それでもこうしてお礼を言われるのはとても嬉しくて、俺なりにやれることをやって良かったなと心から思う。

「でもそっかぁ……偶然見られちゃってたんだね。家族はもちろん友達の誰も気付かなかったのに」

「それを見なかったら何も出来なかった部分はあるだろうけどな――なあ相坂、もう心配ないとは思うけど……あんな奴《やつ》のために自分を傷付けるのは止めとけ。絶対にすんなよ」

「…………」

「相坂？」

微動だにしなくなった相坂に不安になっていると、何でもないと言って相坂は空を見上げ……そして口を開く。

「もうしないよ……絶対にしない。ありがとう真崎君」

「だからお礼はさ……」

「ふふっ、言いたいんだから素直に受け取ってよ。だって真崎君が動いてくれたのは間違いないんでしょ？」

「それはまあそうだけどさ」

「ならお礼を言うには十分だよ。ありがとう本当に」

ちょ、調子がすっげえ狂う！

嬉しさと恥ずかしさと罪悪感と、もう後はよく分からない気持ちがこれでもかとせめぎ合ってどうにかなりそうだ……！

買ったジュースを飲んで気持ちを落ち着かせながら、続く相坂の言葉に耳を傾ける。

「あいつ……私のことを下に見てるみたいだから、何でも言うことを聞いてくれるとか思ったんだろうね」

「それで今日来たのか」

「うん……でも、たぶんもう来ないよ。あの一発で自分の立場というか、私の気持ちも理解しただろうし。それにこれ以上しつこくするくらいなら警察に相談しても良いしね」

また警察の世話になっても良いんじゃない、そう相坂は笑った。

さて、そろそろ帰ろうかと話が終わろうとした時だ——相坂が放った言葉が俺をこの場に縫い付けた。

「でもそっかぁ……されてばかりで何もしないってのは嫌だなぁ」

「だから気にすんなって」

「何かしてほしいことある？　おっぱいでも触らせてあげよっか？」

「……っ!?!?!?!?」

おっぱいでも触らせてあげよっか……??????

ちょっと待て、一体この子は何を言ってるんだ？　今の俺はきっとこれでもかと目を丸くしていることだろう……とはいえ、俺の視線は彼女の胸元へと吸い寄せられる。

いつの間にかボタンが二つ外されており、相坂の豊かな谷間が盛大にこんにちは……じゃなくてこんばんはしてやがる！

「どう？」

「いやいや！　それはダメだろ何考えてんの!!」

催眠下ならともかく、意識がある彼女にそれは……したいけど！　したいけど流石に無理があるって！

あぁでもこれはチャンスなのか!?　今までは彼女の方から触れてもらってたけど、合法的に自らその大きな膨らみに触れるチャンスが訪れてるんだ……逃げるのか俺ええええええ!?

「触るだけだし減るものじゃないって、ほら？」

相坂が胸を突き出し、目の前で大きな膨らみがぽよんと揺れた。

いつ見ても高校生離れした素晴らしい巨乳に、つい手が伸びそうになったところで……俺のヘタレが発動した……してしまった。

「や、やっぱこういうのは違うでしょ！　もしかして相坂さ、色々あって疲れてんだよきっと！」

あ〜あ、俺のお馬鹿さん……相坂が自分から触っても良いって言ったのにこれだもんなぁ。

俺って催眠状態の女の子にしかエッチなこと出来ないのかもしれない。

割とそんな絶望的なことを考える俺だが、相坂はクスクスと笑って更に俺を悶《もだ》えさせる言葉を発する。

「あははっ♪　真崎君はとっても紳士だね！」

紳士だって？　よせやい俺に一番遠い言葉だぜ相坂ぁ!!

彼女が本気か冗談かは分からないけど、人生で一度か二度しかやってこないであろうスケベイベントを逃したこと……心から悲しみを禁じ得ない。

「それくらいのことを言っちゃうくらい、嬉しかったってことだよ」

「……おう」

だから……頼むからその微笑みは心臓に悪いから止めてくれ。

今まで女の子と付き合った経験もないし、童貞というステータスを持つ俺にはあまりにも刺激が強すぎるから。

「そろそろ帰るわ。相坂も良い時間だろ？」

「あ……そうだね」

そろそろ六時になりそうだからな。

流石に辺りも暗くなってきて何もないとも限らないため、俺は相坂を家まで送ることに。

「真崎君……あのね」

「うん？」

「これから教室で……もっと声とか掛けても良いかな？」

「それは全然構わないぜ。クラスメイトだからな」

「うん！」

あれ……もしかして俺ってば青春してる……？

最後に難しいかもしれないが、知ってしまった俺だけでなく他にも困ったことが起きたら誰かに相談しなと、そう伝えて相坂と別れた。

「……ふぅ」

疲れた……色んな意味で疲れたマジで。

元々相棒の力を欲望のまま使っただけなのに、人生何が起こるか分からないとは本当に良く言ったもんだぜ。

▼▽

「……バイバイ、真崎君」

遠くの暗闇へと消えて行った真崎君の背を見送り、私は家に入った。

そこから夕飯、そしてお風呂と時間はあっという間に流れ、私はベッドの上で膝を抱えたまま時間を潰していた。

「……真崎君かぁ」

真崎甲斐《かい》君……知らず知らずの内に私の秘密を知り、私の知らない所で巻き込んじゃった男の子……でも、同時に私のために動いてくれた人。

「私を助けてくれた人……」

真崎君も言ってたけど、あいつに起きたことは本当によく分からない。

何か不思議な力……それこそファンタジーみたいな力が発動したと言われた方が、信じられはしないけど納得出来てしまいそうな気もしている。

「真崎君の声ってすごく落ち着いて……心が軽くなるんだよね」

これはつい口にしてしまい、真崎君に聞かれたことだけど……本当にどうしてこんな気持ちになるんだろうか。

「……最近、見る夢に関係あるのかな？」

私には最近良く見る夢がある。

それは一人の男の子と過ごす夢……普通に喋《しゃべ》っているかと思えば、私が自分からその子を抱きしめる夢……おかしな夢だけれど、夢の中の私はその時間を楽しそうに……大切そうに過ごしている。

「不思議だよねぇ。本当に不思議な夢だよ」

所詮夢だから細部まで覚えているわけじゃない。

けれどその夢に出てくる男の子はとても可愛《かわい》かった……見た目がではなく、その性格と在り方が凄く可愛いんだ。

『最近、何もないか？』

『何かあったら絶対に言うんだぞ？』

『おっぱい触りてえ……でも自分からは恥ずかしいもんな』

『なあ、そっちから来てもらっても良い？』

私のことを常に気に掛けてくれるような姿と、エッチなことを恥ずかしくて出来ないその姿……気遣いのお返しというわけじゃないけど、悪意と呼ぶにはあまりにも可愛らしいあの姿を見てしまうと私の方から甘やかしちゃおって思うんだから。

「たとえ夢でも知らない男に体を触れられるのは嫌……でも、あの夢は全然違う……不快感というか、嫌だって感覚が全然ないいんだよね」

あれは本当に不思議な感覚だった。

彼の言葉が真っ直《ます》ぐに私の心へと届く感覚……心を覆うはずの壁を取っ払われたことで、善意や悪意にこれでもかと敏感になっている私に彼の声が……その声に隠された彼の優しさが届くの！

「私の心が露《あらわ》になっているように、彼の心もまた分かるから」

そう、あの夢を不快に思わないのはそこだと思うんだ。

彼の心がどういうものなのかも私には薄らと分かるから……だから彼が気遣ってくれることと優しさを与えてくれることが凄く嬉しくて、私は彼がしたいことをさせてあげているし、何かをしてほしいと言われたらそうしたいから。

「逆らう気もないし、むしろ喜んでほしいっていうか……あ〜あ、私ったら夢のことなのに何を真剣に考えてるんだか」

でも、それだけ不思議な夢と感覚なんだ。

それがどうして今、この夢のことを考えたのか……それは夢に出てくる男の子が彼に……真崎君に似ているんだ。

薄らと感じ取れる見た目と声、それがどうも真崎君に見えてしまう。

そのせいで私は彼に落ち着く声をしていないか、なんて突然聞くにはあまりにも突拍子も無いことを聞いてしまった。

「夢は夢、現実は現実……それなのにこんなにも重ね合わせるなんて、私ったら本当にどうしたんだろうね」

思わず、去年の誕生日に父が買ってくれたぬいぐるみを抱きしめた。

「真崎君みたいな人を知れば知るほど、かつての私がどれだけ人を見る目がなかったのか痛感しちゃうな……でももっと先に進んじゃうより前に気付いて良かったんだよねきっと」

そう思えるから私はもう、当時のショックを抱いていない。

家族に見放されかけたことも、あいつから酷《ひど》い言葉をもらったことも、その何もかもを私は本当にもう気にしていない……そしてそれは自分の体を傷付けるという行為さえも私からこれでもかと遠ざけた。

「……知りたいなぁ真崎君のこと」

まだまだ知りたい……真崎君ってどんな人なのかを。

事実、彼と話をするのは楽しかったから……だから今日、彼を一緒に遊ばないかって誘ったのは紛れもない本心だった。

「でも流石《さすが》に……夢に出てくる男の子が真崎君に似てるから心を許してるの、なんて言えないよね。真崎君からしたら何の話だって感じだし」

けどそれくらい真崎君と仲良くしたいってこと！

本来ならもっといっぱい聞きたいこととか、気になったことはあったけど真崎君なら信頼出来ると思ってるからあれだけで良いって思ったもん。

「……ふふっ、また明日から楽しみ♪」

果たして今まで、こんなにも学校に行くことを楽しみにしたことがあっただろうか……

そして何より、ある特定の誰かとこんなにも喋りたいと思ったことがあっただろうか。

今この時間、真崎君は何をしているのかな？

そんなことを私は考えながら、眠くなるまでずっと楽しい気分のままだったのでした。

▼▽

相棒の力に頼ることなく、相坂の助けに入った。

あの出来事はどうも俺が思っていた以上に相坂にとって好感触な出来事だったらしく、翌日から相坂とそれとなく喋ることが増えた。

流石に教室だとお互いの親しい友人だったり、他のクラスメイトの目もあるので話し込むまではいかないが……それでも今までの俺からすれば大きな変化ではあった。

「おいおい、なんであんなに相坂と仲良くなったんだ？」

「そうだそうだ！　今日も挨拶されてたし、さっきだって！」

「……えっとだな」

あまりに突然というわけではなかったが、最近相坂とよく喋るということで友人の二人がそれはもう気になってる様子だ。

「まあ色々あったんだよ色々」

流石においそれと勝手に話せないことがあったんだ。

別に相坂と特別な関係になったわけじゃなく、よく話をするクラスメイトにランクアップしただけ……本当にそれだけだ。

「……なんというか、何かがあった顔だなそりゃ」

「なら……詳しくは聞かない方が良いか」

「すまん二人とも」

物分かりが良くて助かる。

晃《あきら》も省吾《しょうご》もそれで満足したのか、それ以降は相坂のことを聞いてくることはなかった。

（……まさか、だよなぁ）

あれからもちろん、俺は相棒の力で相坂を呼び出し続けている。

素《す》の状態である相坂から体に傷を付けないこと、村上のことをもう引き摺《ず》ったりはしないと言われはしたが、それでもふと気になると催眠状態の彼女に最近はどうかと聞いてしまう。

こればかりはもう俺の日課みたいなもので癖に近い。

（ま、良いんじゃないかな。いつも呼び出した時に変わらず好き勝手させてもらっているしさ！）

それでもまだ、自分から触れるというのは中々出来ずにいる。

その度に自分のことを意気地なしと罵りたくなるが、逆に一度手を出してしまったら止まらなくなるんじゃないかっていう怖さもあって、最低の外道への道はまだ遠いらしい。

だがしかし、それももしかしたら今日までかもしれない！

「……ふへっ」

傍《そば》に友人が居るため、口元に手をちゃんと当てていたので安心だ。

さて、どうして俺がこんなにも武者震いしているのか……その理由は今日の放課後、俺はようやく相坂以外の女の子に手を出すからだ！

本間《ほんま》、我妻《あがつま》とターゲットを俺は絞っていた……その上で、色々考えた上で俺が今日新しく催眠を掛けるのは我妻だ。

（終礼の後にすぐ帰るのはもう把握している……流石に家までは行ってないけど、どの辺りで彼女が一人になるかも全て分析は完了したからな）

俺の中のインテリが眼鏡をクイクイ上げていやがるぜ。

相坂に催眠を掛けながら更なる上達……はしてないけれど、それでももはや相棒は本当に俺の一部かのように機能してくれる。

今日もありがとう相棒、そして俺に感動と興奮をありがとう――だから我妻という獲物を必ず仕留めるからよろしくやで！

「よしっ、今日も一日頑張るぞ～！」

「い、いきなりどうした？」

「やっぱ女の子と仲良くなると元気になるんだなぁ」

そりゃ元気になるでしょうよ色々とな！

そんな風に高めのテンションを午前中は保ち続け、昼休みがやってきたが我妻のためにスマホの充電は残しておかないといけないため、相坂を呼び出すことはしない。

それはそれで残念な気分にはなるのだが、彼女と仲良くなった影響は分かりやすい形で現れる。

「あ、真崎君！」

廊下で目が合った瞬間、相坂は友人の輪を外れて駆け寄ってきた。

「うっす相坂」

「やっほ、真崎君を見つけたから来ちゃった♪」

……くそっ、可愛いじゃねえか。

我妻のことは明日にして、今すぐ相坂に催眠を掛けて空き教室へと行きたくなる気持ちをグッと堪える。

「なんというか……学校で喋ることが増えたなやっぱり」

「そうだねぇ。でも全然おかしなことじゃないでしょ？　私たちクラスメイトだもん。それに私たちもう仲良しじゃん」

「……おう」

言葉もそうだけど、とにかくニコッと微笑む姿が可愛い。

俺が相坂と絡むことで睨《にら》み付けてくる男たちを鬱陶しく思っていたのは確かだけど、この笑顔を見せられたら彼女を好きになってもおかしくはないなと納得する。

何もしてないのに睨まれるのが嫌なのはもちろんだけど、こうして相坂と接することで彼らの気持ちが理解出来たのはちょっと予想外だ。

「真崎君、今日凄く機嫌良さそうじゃない？　何かあったの？」

「え？　そう見える？」

「すっごく見える。ねぇねぇ何があったのぉ？　気になるなぁ？」

「……いやぁ」

ニヤリと笑い、獲物を見つけたような表情で相坂が更に近付く。

今までに見たことがない相坂の表情にドキッとするが、距離を詰めてくるその仕草にもっと心臓が強く跳ねてしまう。

「どうやって聞き出しちゃおっかなぁ……う～ん」

距離が近いのもあるが、それ以上に香りがあまりにも甘い。

間違いなく顔が赤くなっているのが自分でも分かるし、相坂自身も分かっているはず……相坂はピタッと隣に立ち、こつんと軽く肩をぶつけてきた。

「ほらほら、言っちゃいなよ真崎君♪」

「ぐっ……」

こ、これが陽キャギャルの圧だとでも言うのか⁉

とんでもない攻撃力を前に俺の防御力は風前の灯火《ともしび》……というより相坂の奴《やつ》距離の詰め方バグってない⁉

「あ、ちなみに仲の良い相手だとこんなんだからね？　だから特別揶揄《からか》いたいとかそんな意地の悪いことは考えてないよ？」

「そう……ですか」

眩《まぶ》しい……あまりにも眩しすぎて眼球焼けそうなんだけど。

一回、二回、三回と軽く肩ドンされた後はジッと見つめられ……目が合った瞬間にまた微笑まれて恥ずかしくなり俺は目を逸らす。

(俺……いつからラブコメ世界に入り込んだんだろう)

割とマジでそう思うくらいに、相坂にしてやられる俺だった。

「なんてね。ごめんね急に」

「いや……大丈夫だ」

「真崎君と話をすると楽しくなっちゃってついつい……あ、本当に揶揄うつもりとかないからそれだけは誤解しないでね？」

「おう」

「それならよし！　それじゃあ私はみんなの所に戻るね～」

ヒラヒラと手を振って離れていく相坂。

「……嵐みたいな時間だったな」

まさかあんなやり取りを相坂とするとは……まあでも、あんな笑顔も俺の所業を知ればゴミを見るような目になるのかと思うと怖い。

とはいえ恐れているだけでは何も出来ない。

絶対にバレてはならないということを改めて教訓にしつつ、我妻に好き勝手するという目的を必ず遂行するんだと俺は気合を入れるのだった。

そ・し・て！

気合とは裏腹に眠かった授業を乗り越え、終礼が終わった瞬間に俺はすぐ教室を出た。

「……居た」

ちょうど、教室から我妻が出てくるのを見つけた。

周りの生徒に一切交ざることなく、孤独に歩き続ける彼女の姿はあまりにも分かりやすい。

「あ……」

その背中を見つめていた時、我妻に一人の女子生徒がぶつかった。

わざとではなく余所見《よそみ》をしていた故の偶然だったみたいだが、その女子は我妻をチラッと見ただけで謝ったりすることなく歩いていく。

我妻もぶつかった際によろけただけで顔を向けたりせず、下を向いたまま歩いていくだけだ。

「……マジで一人なんだよなあいつ。まあ良いや、見逃さないように追いかけないと」

そう言って歩みを再開させようとした時、背後から声を掛けられた。

「待てよ真崎」

聞き覚えのある声に振り返ると、そこに居たのはやはり彼ら——俺が相坂と話をする度に睨んでくる彼らである。

「ちょっと待てよ。お前に話が——」

「俺にはねえよ」

「っ……」

そう、俺にはこいつらに構っている暇はない。

どうせまた相坂と話をしていることが気に入らなくて、そのことに関して文句を言ってくることは目に見えている。

わざわざ分かっていることを馬鹿正直に聞かされるのも面倒だけど、今の俺は我妻の存在しか考えたくない……つまり、俺のエロに向ける探求心をこんな奴らに邪魔されたくはないのだ。

「悪いけど急いでんだ俺は」

男よりもエロ！

それが示すように言葉と共に彼らを睨めば、彼らは驚いたように何でもないと言って引き下がった。

ふっ、今の俺は誰にも止められないぜ。

今の僅かなやり取りで我妻の姿が見えないことに気付き、俺はすぐに駆け足で階段を降りる。

「やっべ……っ⁉」

ただそこで階段を踏み外してしまい、間抜けにも転んでしまった。

幸いにもすぐそこが踊り場だったので階段を転げ落ちるような悲劇は起こらなかったけど、そんな俺をちょうど踊り場に居た我妻がバッチリと目撃していた。

「……どうも」

「…………」

ちなみに、俺の恥ずかしい瞬間を目撃したのは我妻だけだ。

居た堪《たま》れなくなった俺は頭を掻きながら一言口にしたが、我妻は一切表情を変えることなく……まあ長い髪のせいで目元は見えないけど、ちょこんと頭を下げるだけだった。

「…………」

「…………」

俺と我妻の間に広がる何とも言えない空気……我妻は口を開くことなく俺から視線を外し、スッと横を通り過ぎていく。

「……なんだ？」

一瞬、彼女が俺を怖がったような気がしたが気のせいだろうか。

ボーッと彼女の背中が遠くなるのを見つめ続け、本来の目的を思い出した俺はすぐに彼女の後を追う。

学校を出てしばらく歩き、周りの目がなくなったところで我妻を呼び止めた。

「我妻！」

「っ……？」

よし、ここだ！

振り返った彼女を対象に相棒を起動した――我妻は一切の動きを見せなくなり、俺の方へ体を向けたまま動かない。

「ちゃんと催眠に掛かったかな？　我妻、右手を上げてくれ」

「はい」

俺に言われた通り、我妻は右手を上げた。

迷いのないその行動に催眠がしっかりと機能したのを確認し、俺は興奮を抑えるように彼女に命令する。

「これから君の家に連れて行ってくれ……ちなみに家の人は？」

「居ない」

「そうか……よし」

第一関門は突破！　このまま彼女の家に乗り込むとしよう。

あまりのんびりしていても親御さんが帰ってきちまうだろうし、迅速かつスマートに我妻に対して好き勝手させてもらおうじゃないか。

「……ふぅ」

ドクンドクンと心臓の音がうるさい。

催眠を掛けた女性にエッチなことをする……相坂とのやり取りですっかり慣れてきたんじゃないかって思ったけれど、相手が我妻になったことでその辺りが初期化されてしまったのか本当に緊張が凄《すさ》まじい。

しかしそんな緊張があったとしても、俺のスケベ心は止まることを知らなかった——しっかりと周りに人が居ないことを確認し、こんなことを口にした。

「我妻……背後から抱き着いてみてくんね？」

……ま、まあ最初はこんなもんじゃねえか？

「分かった」

俺の問いかけに我妻は頷き、ゆったりとした動作で俺の背後に回ってギュッと抱き着いてきた。

「……なにっ⁉」

抱き着かれた瞬間、俺の中に凄まじい衝撃が走る。

背中に体を押し付けるだけではなく、腹に腕を回される周到さだがそんなものはどうでも良い！

何だこの……何なんだこの背中に伝わる柔らかさは⁉

（これは……こいつはでけえぞ……っ！）

そう、背中に伝わる柔らかさ……そして大きさが圧倒的だった。

そこまで極端に変わるわけじゃないだろうけど、これは間違いなく相坂よりも大きい。

元より我妻は胸が大きいんじゃないかって思ってはいたけどまさかここまでとは……この戦闘力、一体どれくらいなんだろう。

「……何カップなの？」

「H」

「……そりゃHだわ」

やっぱり……やっぱりエッチじゃんこの子。

いつも猫背で分からなかったその体に、相坂以上の素晴らしい物を隠していたとは罪な女の子だ。

ちなみに相坂にも何カップか聞いたことがあり、彼女はFらしい。

（いや、それでも十分おっきいけどさ）

うちの高校は美人もそうだけどスタイルの良い子が多すぎる問題。

しかしそれだけの逸材が沢山居るにもかかわらず、俺はまだ相坂と我妻にしかこうやって催眠を掛けていない……情けないもんだぜ。

「辛抱たまらんて！　我妻！　早く家に連れて行ってくれ！」

「分かった」

一旦背中から離れてもらい、我妻の家へと俺は向かった。

既に内心バクバクギンギン侍状態ではあったが、紳士は常に冷静でなければならないということで、我妻の家に入ったからといって即がっつくようなみっともないことはしない。

「こっち」

「あぁ」

ここに来るまでのやり取りで分かったけど、随分と我妻は端的というか淡白な受け答えが多い。

最初の相坂もこんな感じだったっけとは思いつつ、たぶん我妻はこういうタイプなんだろう。

「…………」

そしてもう一つ俺には感じたことがある――この家にはどこか寂し気な雰囲気が漂っている気がしたんだ。

「親御さんが居ないのは聞いたけど、いつ頃帰ってくるんだ？」

「っ……分からない。でもきっと遅いと思う」

「ほほう、それは良いことだぜ」

なんて会話をしながらも家の中の観察は忘れない。

生活感はもちろんあるんだけど、やはりどこか寂しい……そのまま我妻の部屋に入れてもらったのだが、何も散らかっておらず綺麗なのに、その反面年頃の女の子の部屋にしてはどこか味気ない。

姉ちゃんや相坂の部屋を見ただけに、あまりにも殺風景だ。

「……と、取り敢《あ》えず我妻！」

「うん」

まあ部屋のことなんかはどうでも良い……早速、やってやるぜ！

「それじゃあ早速……服を脱いでくれ」

「分かった」

言っちゃった……言っちゃった！

相坂の時と同じやってしまったという背徳感と、これから素晴らしい物が見られるという期待感に俺は包まれる。

俺の言葉に従うように我妻は制服を脱ぎ、スカートもパサッと床に落ちた。

「……ふぉ〜」

彼女を守っているものはシャツと下着のみ……ここまで来ると圧倒的なほどに大きな胸がこれでもかと際立つ。

「ほれほれ、はよ脱げ脱げ……脱げい！」

「うん」

俺はもう悪のお代官様気分だった。

シャツに手を掛け……その内側の肌が見えた瞬間――俺はえっと目を丸くした。

「……なあ我妻、一旦手を止めてくれ」

「分かった」

最後の防波堤であるブラに手を掛けたところで俺は彼女を止めた。

「興奮してて色々と見落としてたけどさ……そのお腹《なか》とか、腕とか……太ももに出来てる痣《あざ》は……何？」

既に青くなってしまっている無数の痣が我妻の体に刻まれていた。

何かに、或《あ》るいは何かが強く衝撃を与えてきた時に良く出来るその痣……俺はまさかと思いながら彼女の言葉を待つ。

「……お父さんに殴られたり、蹴られたりしてるの」

「…………」

「……お母さんは助けてくれない」

その瞬間、俺が天を仰いだのは言うまでもない。

なるほど……我妻は父親に暴力を振るわれていると……そんでもって母親は全く助けてくれないと……ほうほう。

「すまんちょっとタイム」

「？」

俺はゆっくりと額に手を当て、やれやれと息を吐く。

「この子も問題あり……か」

なんで……なんでこうなるんだ？

相坂の時にもこんな気持ちになったけど、どうしていざスケベしてやろうと思った女の子はこうなんだ。

なあ相棒……俺のこと操って問題を抱える女の子に会わせようとかしてないよな？

「……どうしたの？」

「あなたがどうしたんですか……？」

取り敢えずこれはあれだ。

どしたん、話聞こうか案件だわ。

六 章

次なるターゲットは地味子ちゃんだぜぇ！

「…………」

「…………」

目の前で、我妻が下着姿のまま座っている。

本当に高校生なのかと疑いたくなるほどのナイスバディに、視線を奪われるのは間違い

ないが……それ以上に彼女の体に見える痣が何とも痛々しい。

「……ほんと、どうなってんだよ」

相坂に続き、我妻も分かりやすく問題を抱えていた。

もしかしたら街中で実験のために催眠を掛けた人みんな……いやいや、流石にそうだと

したら俺の運命力ヤバすぎだし現代日本終わってんだろ。

「目の前には極上の女体……だってのになぁ」

取り敢えず、色々と聞いてみることにしようか。

「性暴力とかは……？」

SAIMIN APP de
yumeno HAREM
seika.tsu

「そっちはまだ大丈夫」

「まだ……か」

この言い方だと、いつされてもおかしくないってところか？

俺はまだガキだから子供が居る大人の気持ちは分からない……だが、自分の娘を襲う親なんてゴミだと断言出来る。

まあ、性暴力以前に暴力を振るう時点でカスではあるが。

「我妻、もう少し近付いてくれ」

「うん」

傍《そば》にやってきた我妻から甘い匂いが香る。

相坂の時とはまた違った香りだけど、まるで花の匂いを嗅いでいるような気分にさせられる。

つまり良い匂いってことだ。

相坂以上の巨乳が揺れたのにはもちろん目を奪われたが、俺は彼女の額に手を当てて前髪を持ち上げる。

「隠れた髪の毛の下は……なんだ。凄《すご》い綺麗《きれい》な顔してんじゃん」

ただ若干幸薄そうな印象を感じたのはたぶん……まあ確実に現状を踏まえれば間違いじ

やないんだろうな。

「……勿体《もったい》ないなこりゃ」

長い前髪で目元を隠していることや、催眠状態でボーッとしているのを抜きにしても我妻からは全く覇気が感じられない。

これが我妻の全てを台無しにしていると言っても過言ではなく、それもまた暗く辛気臭い表情を演出するのに一役買っているようだ。

「暴力はいつからなんだ？」

「高校生になってから……でも最初は軽かったけど、最近はこうして痕が残るくらい」

「……ずっと耐えてたのか？」

「うん。頼れる人も居ないから」

「…………」

この感覚……相坂の時にもあったな。

俺が家族や友人たちと毎日を楽しく過ごせている裏側で、相坂や我妻のように辛い人生を歩いている人たちが居る。

もちろんテレビのニュースとか、ネット上にはいくらでもこういった問題は溢《あふ》れかえっているけれど……身近というのを本当に考えたことがなかったんだ。

相棒の力で好き勝手しようとした俺が何を同情してんだって話だ……でも、でもさぁ

「…………」

……あぁもう！

ガシガシと頭を俺は掻く。

家族に暴力を振るわれる……それってどんな感覚なんだろうか。

うちの両親は俺のことも姉ちゃんのことも心から愛してくれていて、一度だって邪魔とか思ったこともない……それだけ俺は家族という存在に恵まれている。

子供にとって親というのは一番身近で頼りになる存在のはず……そんな存在から暴力を振るわれるなんてあまりにも辛いだろう。

「……死にたいとか思ってるのか？」

それは恐る恐るの質問だった。

本来の我妻にこんなことを聞くことは出来ないけれど、記憶に残らず素直な今の彼女だから聞けることだ。

我妻は一切間を空けることなく答えてくれた。

「誰も頼れない、誰も助けてくれない。私の価値って何だろうって思うことがよくあるの。いっそのこと、消えてしまえば楽になれる」

我妻は下を向いてそう言った。

今の段階でそれをしようと思っているわけではなさそうだが、何かもう一押しあったら確実に我妻は自分を終わらせてしまう……そんな儚《はかな》さが言葉の端々から感じられ、俺は疲れたように息を吐く。

「誰にも頼らないなら助けもないだろうに……」

なんて、こう言えるのは彼女の苦しみを知らない外野の人間だからか。

でもそうだな……もしかしたら我妻の暗さの原因は彼女に与えられる暴力にあって、それが最悪な形でマッチしてしまい学校での孤独を生み出した結果、友達すら作れない今の我妻になってしまったのかもしれない。

「……ただ」

「うん？」

「父方の祖父母は良くしてくれるの。でも同時に父のことも彼らは大事にしているから暴力を振るっているなんて知ったらきっと悲しむ。だから迷惑は掛けたくない」

「……そうかよ」

ジレンマってやつか。

誰も頼れないと言った割にはちゃんと頼れる相手は居る……しかし頼ってしまえば同時

にその相手を悲しませることにも繋《つな》がる。

自分を守るためにそんなこと気にせず言っちまえば良いのに、なんて口にしようとして俺は踏み止《とど》まった。

(でもそうか……もしかしたらこのことを話すことで、自分よりも父を優先して祖父母が敵に回ったら……なんてことも我妻は考えたのかな)

そう考えると、無責任なことを口には出来なかった。

「ったく……ただの学生には難しい話だぜ」

俺はまたガシガシと頭を掻く。

虐待問題ってかなり根が深くて、警察に相談したからといって解決出来るものではなく、もっと酷《ひど》くなったりそれこそ門前払いを食らうケースもあるとか何かで見たことがある。

全部が全部そうであるとは限らないけど……あぁクソ、なんで高校生の俺がこんなことに頭を悩ませてんだよ。

「最近、母は全然帰ってこなくて……父は基本的に遅いけど、いつもお酒を飲んで機嫌悪そうに帰ってくる」

「聞けば聞くほど終わってんな」

その時、我妻のスマホに電話が掛かってきた。

俺が電話に出て応答しろと命令すると、我妻は頷《うなず》いて通話を始めた。

「うん……うん……分かった……それじゃ」

「その様子だと父親か？」

「そう。今日は帰らないだって」

「ほう」

家族が帰ってこない……それは本来寂しいことのはずなのに、どこか安心した様子を我妻から感じた。

（ったく……当事者じゃない俺だからこそ軽く考えられるんだろうな。気の毒には思うけど、やっぱり我妻がどんな風に考えているのかまでは分からないからさ）

幸せな人間とそうでない人間、その両者の間に存在する感覚の隔たりはとても大きなモノだろう。

とはいえ、さっきの電話から誰も帰ってこないことは分かった。

それなら思う存分好き勝手出来るじゃないかと、この一瞬だけ俺は人の心を捨てるように本来の目的を遂行することに。

「えっと……取り敢《あ》えずまた後ろから抱き着いてくれる？」

「分かった」

……はぁ、結局また俺は自分から揉んだりする勇気は持てないんだ。

言われた通りに我妻は俺の背後に回り、たぷんとその豊満な膨らみを背中に押し当てながら抱き着いてくる。

「おぉ……やっぱりすげぇ」

揉むとか揉まないとか、自分で触るとか触らないとかもはやそれは古い考えなのかもしれない。

時代は背中にムニムニ腕にムニムニだろこれ。

(決して……決して自分から触れない情けなさを見ないフリしているわけじゃない！　絶対に違うからなぁ!!)

真理に辿《たど》り着く代償に涙を流している気もするが、気にしちゃ負けだ。

時間的にもスマホの充電的にも余裕たっぷり……さ～て、それじゃあ今度は正面から抱き着いてもらっちゃおうかなぁ！

「今度は正面から抱き着いてもらっても良いか？」

「良いよ」

今度はさっきよりも近く、目の前に我妻がやってくる。

胡坐《あぐら》を掻《か》いている足の間に彼女は腰を下ろし、体全体を俺に押し付けるようにして正面から我妻は抱き着いた。

ちょうど俺と彼女の顔の位置は同じくらいなので、俺の胸元に押し当てられて形を歪めるその大きな胸が全て丸見えだ。

「おぉ……おぉっ！」

こりゃすげえやと、視界に広がる絶景に心を奪われる。

思えば相坂に抱きしめてもらう時は制服姿だったので、直接こんな近くで見たことはなかったか……ふむ、その内に相坂にも必ず同じことをしてやろうじゃないか。

「我妻ぁ、最高じゃねえかよ！」

「こんなことが嬉しいの？」

「嬉しい！」

そこから時間にして三十分ほど、俺はずっと我妻の体を堪能した。

もちろんその間に自分から触れた場所は肩くらいのもので、心底触れたくて仕方のない部分に関しては我妻の方から来てもらうように誘導し、改めて自分の意志の弱さを実感するのだった。

「……凄かったわ」

隠れていた整った顔立ちや抜群のスタイルだけでなく、香りや痣《あざ》を抜きにした綺麗でスベスベな肌など、本当に素晴らしい物があった。

まだまだ興奮は残っているが満足したことである意味での賢者タイムになった俺は、我妻に服を着てもらい腕に抱き着いてもらう。

「あ〜……こりゃやべえわ」

相坂の時に思ったけどこうしているだけで俺は幸せだ。

この感覚と気持ち良さはあまりに甘美すぎる……これは一度経験したら絶対に手放せない麻薬のようだ。

「麻薬なんて持ったことも使ったこともねえけどさ」

「え?」

「何でもないよ……なあ我妻?」

「なに?」

「それ……狙ってないよね?」

「??」

俺が言ったそれとは俺の腕を抱いているその部分だ。

腕に胸の感触が欲しくてこうしてもらっているんだが、我妻は胸と胸の間で俺の腕を挟むように抱きしめているのである。

我妻は首を傾げているので意図的ではない……そうなら我妻は潜在的にとてもスケベなのでは？

「……やっぱりこういう子ほどエロいんだな。間違ってなかったわ」

相坂に続き、我妻という逸材を見つけられたことに俺は自分で自分のことを誇りに思う。

だからこそ、消えてしまいたいとか思わせたらダメだ。

俺は我妻に腕を離してもらい、彼女の肩に手を置いて抱き寄せる。

「あ……」

驚いた様子の我妻だが、やはり逃げたりすることはない。

光の無い瞳で俺を見上げる彼女を真っ直《ます》ぐに見返し、思っていたことを伝えた。

「自分の価値がどうとか言ってたよな？　俺は今、こうして我妻と過ごせていることがとても嬉しいしめっちゃ興奮してる。最低なことを言ってる自覚はあるけど敢《あ》えて言わせてくれ——俺からすれば我妻の価値は素晴らしいと言う他ねえよ」

キリッとした表情で言い切れたぜ……けど冷静に考えたらこれ、俺が単純に我妻のことを気に入ったから価値があるって言ってるようなものだ。

そしてまだまだ俺の言葉は止まらない。

「クッソ外道すぎる言葉だけど、マジで我妻は良いよ。そんな凄《すご》い体を持っていて、俺を

こんなにドキドキさせて喜ばせてくれたんだぞ？　だから早まって居なくなったりするな
──価値がないって思い続けるなら、俺のために生きてくれよ」

「真崎《まさき》君の……ために？」

「おう！　俺が君のことを必要だって思ってやるから！」

「私が……必要……？」

聞けば聞くほど最低だよ俺ってば。

けど困ったことにこれは紛れもない本心だし、叶《かな》うならこれから先もずっとこうして我妻に好き勝手したいしされたいんだよ俺は！

「必要……私が……必要……」

我妻はブツブツと下を向いてしばらく呟き続けた。

催眠状態なので少し怖くはあったけれど、今の俺はとても浮かれているしいつも以上に普段から考えられないくらいイキってるからお互い様だ。

「この催眠が解けた時、我妻は何も覚えちゃいねえだろうけどそれでも言っておく。滅多《めった》なことを考えるんじゃねえぞ？　俺がどこまでやれるか分からないけどどうにかしてみるからさ」

ま、これも相坂と同じようなもんだ。

スケベなことをしようとして手を出した結果、その子の闇を知ってもなおこんなことをさせたお返しをさせてもらう。

「俺が我妻を助けてやる」

「っ……」

「それで今後も俺を癒《いや》してくれ」

どうにか出来ると確約は出来ないが、それでもこの問題をどうにか解決してスッキリした気分になったならきっと、相坂にするのと同じように心置きなく好き勝手出来るはずだから。

「だからどうか、取り返しの付かないことをするんじゃないぞ」

う～ん……頭も撫《な》でちゃうか？

どうせ催眠状態だから良いかなと思いながら、我妻の頭を撫でた。

「……サラッサラだな。綺麗《きれい》な黒髪だ」

女性って本当に髪が綺麗だよなぁ。

相坂の明るい色の髪ももちろんそうだけど、我妻の腰まで伸びるこの黒髪のサラサラ感はよほど手入れに力が入っていると見える。

「俺みたいなツンツン頭とはえらい違い……うん？」

肩を抱いた我妻は下を向き続けていたが、そこで体が震えていることに俺は気付いた。

どうしたのかと思って彼女の顔を覗《のぞ》き込むと……泣いていたんだ。

そんなに嫌だったかと思い離れようとしたが、俺の手に我妻が自身の手を重ねて握ってきたので、たぶん嫌なのではなく嬉しかったのではないかと俺は思った。

「泣くんじゃねえよ。後でなんで目が赤いんだって驚くぞ？」

ハンカチを取り出して目元を拭いてやり、そこで俺はハッとするようにスマホを見た。

「やっべ、後五パーセントしかねえ！」

あぶねえあぶねえ……このまま気付かなかったらマズいところだった。

我妻から離れ、荷物を手にした瞬間……我妻がボソッと呟《つぶや》く。

「……帰るの？」

無表情だが寂しそうに呟かれた言葉に、俺はうっと足を止める。

こんなことを言われたらじゃあ帰らないって言いたくなったものの、残ったら人生が終わるので無理だ。

「また我妻のことは好き勝手させてもらうから安心してくれや。それともう一度言うけど早まるなよ？　俺が絶対にどうにかしてやるから……だから安心してくれ我妻」

「……うん」

ほんと、どの立場で俺はこんなことを言ってんだろうなぁ。

少し離れただけで手を伸ばそうとしてくる我妻が凄く可愛くて、同時にどうしてこんなに友好的なのか分からないがまあ、俺にとってはむしろプラスなので良いことだ。

家を出て少し歩き、催眠を解いて一息吐《つ》く。

「我妻の体……凄かったなぁ。相坂と一緒に好き勝手出来ないものか」

やっぱりこれは考えることだ絶対に。

相棒の力は三人までを対象に発動することが出来る……相坂と我妻の二人に催眠を掛け、ハーレムを築いた王様のように両サイドに侍《はべ》らせて抱き着かせたりとか……くぅ妄想が止まんねえ！

「……何してるんだろ」

「さあ……ねえ、早く行こ」

くっくっくと笑みを浮かべていた俺だが、通りすがりの中学生女子がバッチリ俺を見ていた。

危険人物を見るような目を向けられ、俺は一気に恥ずかしくなってしまい足早に帰路を急ぐのだった。

▼▽

風呂と夕飯を済ませた後、俺は自室のベッドで横になりスマホに保存した写真を見ていた。

その写真には我妻、そして彼女の両親が写っている。

我妻にお願いして残されていた写真をそのまま撮ったものだが、こうして顔を知っているのと知らないのとでは大きな違いだからな。

「しっかし暴力……虐待ねぇ。ニュースとかで尽きることのない話題だけど、本当に社会問題の一つだよなぁ」

ある程度大きくなった子供にもそうだが、生まれたばかりの赤ちゃんに暴力を振るって死なせてしまったニュースなんかも目にする。

そんな環境と縁がなかった俺からすれば遠い世界の話ではあったが、現に近い場所で我妻がその被害に遭っているのは確かだ。

「……催眠状態とはいえ、我妻の涙も見ちまった」

相坂の時もそうだった……俺が相坂や我妻に近付いたのはエロいことを好き勝手したかったからだ。

おっぱい揉《も》みたいし、服の上からじゃなく生乳状態で顔を埋めたい。

もっと過激なことだってしたいしどんな命令でも聞くなら言葉に出来ないこともしたい

……結局そんなことは出来てないけれど、今まで見てきた漫画のようなことがしたかっただけなんだ。

「どうにかしたいって思っちまったからさ」

勝手に家に入るだけじゃなく、本人たちの望まないことを俺は欲望のままにさせている

……その上で俺は自分のことを外道だと思う。

あいつが……あいつらがどうなっても構わない。

その体さえ純粋に楽しめればそれだけで良いと、そう割り切れたらどれだけ楽なんだろうか――少なくとも、俺はそこまでの外道にはなれないようだ。

まあ良い、一旦現状を整理しよう。

「我妻の祖父母が彼女を大事にしているのなら、きっと力になってくれると俺は思ってる……もしそうでないのなら力業に出るしかないけど、やっぱり祖父母視点だと孫の存在って可愛《かわい》いもんだと思うんだよな」

現にうちもそうだったし……病気で亡くなっちまったけど、俺と姉ちゃんをめっちゃ可愛がってくれたし、誕生日の際にはわざわざ駆け付けてくれるくらいだったから。

「……って、俺がセンチな気分になってどうすんだよ」

とにかく！

我妻の祖父母とどうにか橋を繋《つな》げるとして……今日はともかく、明日から我妻をあの空間から避難させることが大切だ。

そのための流れも脳みそ振り絞ってちゃんと考えたし、きっと大丈夫なはず……不安になんてならず、大丈夫だって自分に言い聞かせろ……それに俺には相棒の存在もある。

「やれるさきっと……きっとな」

まずは明日、作戦の第一段階の仕込み……そして明後日がちょうど土曜日だからそこに全てを託す。

「……ふう、トイレ行くか」

ベッドから起き上がり部屋を出てトイレへ。

スッキリしてトイレを出た後、ついでに冷たい茶でも飲もうかと思ってリビングに降りたら父さんがテレビを見ていた。

コップに茶を注ぎ、俺は父さんの傍《そば》に立つ。

「甲斐《かい》か？　どうした？」

「……いや」

なんで……父さんの傍に来たんだろうか。

ジッと父さんのことを見つめながら、我妻が話してくれた彼女の両親のことを考えると自然と言葉が出てきた。

「父さんはさ」

「あぁ」

「自分の子供に暴力を振るう親をどう思う？」

「いきなりどうした……？　まあそうだな……暴力を振るうことに何かしら理由があるとは思うんだが、少なくとも父さんからすればその行為は最低なことだと思ってるぞ。親として一番守らなければならない存在を傷付けるなんて俺からすれば到底考えられん」

突然の質問に目を丸くしながらも、父さんはそう答えてくれた。

思った通りの言葉にクスッと俺は微笑《ほほえ》み、父さん好きだぜと伝えてリビングを後にするのだった。

ちなみにその途中で風呂上がりの母さんとも出会い、父さんにした質問と同じことを聞いたら答えも同じで……俺はまた、母さんにも好きだよと伝えた。

「あら甲斐ったらどうしたのよぉ～♪」

「むがっ⁉」

「何してんの？」

「甲斐がねぇ、母さん大好きって言ってくれたのよぉ♪」

「ふ〜ん……私には何もないの？」

「……姉ちゃんも大好き」

「よろしい」

……早く俺を部屋に帰してくれえぇぇぇぇ!!

自分で蒔《ま》いた種とはいえ流石《さすが》に恥ずかしくなってしまい、大きな音を立てるのもお構いなしに部屋まで駆け上がった。

「……あ〜顔が熱い」

まあでも……あの温《ぬく》もりを感じたから今日は気持ち良く寝られそうだ。

まだまだ眠たくはないがベッドに入り、明日に備えて早く眠ろうと目を閉じたが……寝られない！

「……相坂と我妻のことが頭から離れん」

そう、二人のことを思い浮かべてしまい興奮で眠れない。

ずっと記憶に残り続けている相坂とのやり取り、そして今日の我妻とのやり取りが代わる代わる脳裏に蘇《よみがえ》り、香りと感触さえも鮮明に蘇って興奮が俺を襲う。

「ああもう！　盛った猿かよ！」

結局、俺が完全に眠ったのはそれから一時間ほど経《た》った後だった。

▼▽

翌日、俺はいつもよりも早く登校した。

我妻が早く学校に来るタイプというのも調べていたので、こうして俺も早く来ることで大丈夫と分かっていても我妻の様子を確認したかった。

「あれ、真崎君？」

「……おう相坂」

「おはよう」

「おはよう」

廊下の壁に背中を預ける俺に登校してきた相坂が近付く。

今日は相坂も早いんだな……彼女は俺がこうしてここに居ることが気になったのか、教室に荷物を置いてすぐに戻ってきた。

「何してるの？」

「いや……ちょっとな」

「ちょっと？」

「そう、ちょっとな」

あ、でもこれはちょうど良いかもしれないな。

我妻のことで俺が今日したかったことの一つ、それは相坂に協力を仰ぐというものだ。

「相坂、実は聞いてほしいことがあってさ」

「何？　何でも言ってみて？」

……やっぱこの子、最高に優しいわ。

周りに他の人も居ないので内緒話をするにもちょうど良く、そのまま話をしようかと思ったところで我妻が姿を見せた。

相変わらず下を向いて暗い雰囲気を漂わせているが、変わらず登校してきたことにまずは安心してホッとする。

「我妻さん……がどうかしたの？」

「実は聞いてほしいことって我妻のことなんだけど……今から話すこと、出来れば他言無用で頼みたい」

「分かった。約束は守るよ、誰にも言わない」

そう言って相坂は顔を寄せた。

後少し体を動かせば顔と顔が当たってもおかしくないほどの距離にドキッとしたが、すぐに本題を口にした。

「我妻……どうやら父親から暴力を振るわれてるらしいんだよ」

「……マジなの？」

「あぁ」

どうしてそれを俺が知っているのか、これに関しては聞かれたら答えようと思っていたけど相坂がそれを聞くことはなく、即座に彼女の瞳には我妻に対する心配が浮かんでいた。

やっぱり相坂に頼ったのは正解だったらしい。

「我妻に対して何かしてあげたいと思ってるんだけど、まずは一旦あの環境から彼女を救い出したい。だから今日だけでも、相坂がもし良かったら我妻を家に泊めてやってくれないか？」

「全然良いよ」

「……頼んだ俺が言うのもなんだけど、即答で良いのか？」

流石に即答すぎて驚いたぞ……相坂は笑顔でもちろんと頷《うなず》いた。

「もちろん驚いてるよ？　でも真崎君の様子がとても真剣だったから嘘《うそ》じゃないんだって思ったの。それなら私が真崎君を信じるのは友達として当然だよ」

「……ありがとう。でも相坂って我妻と友達じゃないだろ？」

「そうだね。名前くらいしか知らないけど……でも知っちゃった以上は助けてあげたいよ。それに今まで何の繋がりもなかった人と友達になれるのも嬉しいことだしね♪」

「そっか……もうありがとうしか言えねえよ」

「あははっ♪　任せてよ！」

感動してしまいそうになるくらいに、相坂があったけえ。

ただ……なんで俺が我妻のことを知っているのか、彼女からすれば聞きたいことなんていくらでもあるはずなのに、相坂は聞いてこなかった。

そんな俺の疑問に彼女は一言、信じられるからだと言う。

「君……騙《だま》されやすいぞきっと」

「失礼だなぁ。私は勘に従ってるだけ、その上で真崎君の声は嘘を吐《つ》かないってね」

何だよ俺の声って……でも信頼してくれるのはとても嬉しいことだ。

「取り敢《あ》えず俺から聞いたってのは伝えないでほしいのと、虐待されてるのかって直接聞くのも無しだ」

「分かってる」

「それでも我妻と過ごす中で知ることがあったら寄り添ってあげてくれ」

「おっけー」

よし、これで我妻を一旦避難させる場所は確保した。

しかし問題はどうやって我妻を相坂の家に泊めるよう誘導するか……それを腕を組んで考えていると、ふふんと相坂が胸を張ってこう言った。

「私のコミュ力を舐《な》めないでほしいなぁ。少し嘘は混ぜるけど、我妻さんを絶対に誘ってみせるから安心してよ」

「……分かった。マジで頼む」

これで後は俺が動くだけだ。

やはり警察とか児童相談所とか色々と考えはしたんだだが、そこに任せることで何も解決出来ず逆に悪化するというのは一番許せないパターンで、信用してないわけじゃないけど頼り切るには心許《こころもと》なさすぎる。

「ふふっ、誰かを助けようとする真崎君はかっこいいね」

「……もう一回言って？」

「かっこいいよ真崎君」

あ、これもう勝ったわ。

美少女からかっこいいと言われて頑張れない男が居るわけない、少なくとも俺はそうだ。

とにかく、これで今日の準備は万全だ。

そうして恐ろしいほど早く時間は流れて放課後になり、急いで荷物を纏めているとこんな会話が聞こえてきた。

「茉莉《まつり》〜？　今日はどうするの？」

「ごめ〜ん！　今日は大事な用事があるの！　また今度お願い！」

「そうなの？　分かった」

「ありがと！」

我妻が早く出ていくことを教えていたので、相坂もそんなやり取りをした後すぐに教室を出ていく。

その時、まるで任せてよと言わんばかりにウインクをしてきた。

「……おう。任せたぜ」

そして俺も決戦の地である我妻の家へ向かうのだった。

我妻の自宅に着いてしばらく待ったが、我妻は帰ってこないのできっと相坂が上手《うま》くやってくれたんだろう。

心の中で相坂にありがとうとお礼を言った瞬間、目的の人物がようやく姿を見せた。

「誰だ君は。どうして家の前に居るんだ？」

スーツを着た男性――我妻の父親だ。

男性は俺を怪しい人間を見るようにしているが、まあ俺が彼の立場でも同じ目をしたに違いない。

だって外も暗いし？　というか聞いてくれよ。

俺さ、実は学校が終わってすぐここにやってきて随分と時間が経ってるんだよ既に。

夕方にしては遅い時間なので辺りは暗い……こんなことなら帰ってくるなら何時くらいか我妻に聞いときゃ良かった。

「どうも、名乗るほどの者じゃないんですが……なんてね。あなたの娘さんと同じ学校の者ですよ」

「……それはまた随分と突然じゃないか」

若干の間があったが表情に変化はないか。

さっきも言ったが辺りが暗いので、見た目から殴ってきそうな雰囲気があるのでちょっと怖い。

「突然ですみません。単刀直入に聞かせてください――娘さんに暴力を振るってますよね？」

まずは軽くジャブから放つ。

眉がピクリと動いたがそれだけで、男性は否定するように笑みを交えながら答えた。

「自分の娘に暴力を振るうわけがないだろう？　そんなのは親として失格じゃないか……まさかあの子がそんな出鱈目《でたらめ》を言ったのかな？」

後半、僅かに言葉に力が入っていたし苛立《いらだ》ちも見えたな。

（いやこええわ……こえぇけど、やっぱ相棒の存在がでけえぜ）

こんな大人の相手なんてしたくなんかない……でも、俺がこうして堂々と立っていられるのは相棒のおかげに他ならない。

充電もバッチリだし、ヤバい時は頼むぜ相棒！

「えぇ、彼女から直接聞きました。体に痣《あざ》もあったし、随分と長い間彼女を苦しめたみたいじゃないっすか？　親としてどうなんですかねぇ？」

ちょいとばかし挑発染みた言い方をすると、ようやく男性は本性というか荒々しい部分を見せてきた。

「黙れよクソガキ」

「おっと」

伸びてきた手を落ち着いた動作で回避する。

先程まで浮かべていた表情は引っ込み、男性はこれでもかと俺を強く睨《にら》み付けてきた。

「他人が口を出すな。自分の娘に何をしようが勝手だろうが」

「…………」

今の俺、果たしてどんな表情をしているんだろう。

何というか……俺の両親と同世代くらいの大人がこんなことを口にするという事実は、何とも言えない気持ちを俺に抱かせる。

何の力も持たない以前の俺よりも気が弱くて、しかも女の子の我妻はずっとこの怖さに耐えていたのかと思うと彼女が本当に可哀《かわい》そうだ。

「……ふぅ」

俺は正義の味方になるつもりはないし、相棒の力がなければこの場に立っても居ないはずだ。

俺はどこまでも臆病者の卑怯者《ひきょうもの》で、女の子に催眠を掛けて好き勝手する外道だが、そんな俺でも誰かを助けることが出来るというのならそれも悪くない。

「ま、色々と話したがチャチャッと済ませるぜ」

「何を――」

「催眠！」

絶妙にかっこよくないポーズをしながら催眠を掛けた。

今にも襲い掛かってきそうだった形相と雰囲気はなくなり、男性は完全に俺の意のままに操れる人形と化す。

相棒を起動している状態のスマホを操作し録画を開始した。

「アンタは自分の娘に乱暴なことをしているってことで間違いは？」

「ない」

「何故、そんなことをしてる？」

「邪魔になってきたからだ。高校生にもなってどんどん金が掛かるし、これを邪魔と思わずして何だと言うんだ？」

「…………」

もしかしたら隠された何かがあると思っていただけに、ただの勝手な都合で娘を害していた事実に俺は思わずため息を吐く。

「親としての責任もあるだろうし、その辺はまだ俺には分からん。けどそれが娘に暴力を振るっていい理由にはならないだろ。あの子はアンタの暴力に耐え続けて……ずっと追い詰められてたんだぞ？　自分の価値は何だろうとまで言ってさ」

「あれに価値などあるものか……あぁいや、体は立派だし襲ってやって女という価値を分からせてやるのも良いな」

……相棒の力で催眠に掛かった相手は嘘を吐けない。

つまりこれはこの人が抱く真実であり、紛れもない本心だ……この言葉から実際にそうするかまで断定は出来ないけれど、少なくとも親が娘に対して冗談でも言っていい言葉じゃないぞ。

「アンタを通してつくづく思うよ。俺は家族に恵まれてるんだって」

「何を言ってるんだ。どこの親も金が掛かる子供のことを鬱陶しく思っているに決まっているだろう」

「はっ、アンタはそうだろうが少なくともうちは違うね」

というか、比べることすらばかばかしい。

それくらいうちの父さんと母さんは最高の両親だし、なんで私には好きがないのと拗《す》ねた姉ちゃんだって最高の家族だよ馬鹿野郎が。

「アンタの奥さんも同じなのかよ」

「知るか、もう何年も前から話してないからな」

なるほど、家庭の絆《きずな》は完全に崩壊していると見ていいかこれは。

これはもうどんな奇跡が起こったとしても、我妻はこの両親の下じゃ絶対に幸せにはなれないだろうし救われない……彼女の心が癒されることもない。

本当に……本当に俺が我妻に目を付けることなく、この事実を永遠に知らないままなら……誰も我妻に手を差し伸べなかったらどうなったか、想像するのも怖くなる。

「……ふぅ、後は適当に質問するから答えてくれ」

その後、全てを終えた俺はその場から去り催眠を解除した。

家に我妻が居ないことに気付き、電話なんかをする可能性はあるけどそこはもう相坂に任せている。

あんなに自信たっぷりに信頼してくれと言った彼女なんだから、きっと大丈夫だ。

「でもこういう時、我妻の様子を聞くために連絡先とか欲しいよな。仲良くなったとはいえ流石《さすが》に望み過ぎかなぁ」

女の子の連絡先……欲しいな。

「よし、俺も帰ろう」

今日やれることは全部やったので、残りは明日……我妻の祖父母にこいつを持って会いに行こう。

▼▽

甲斐が一仕事終えたその日の夜、茉莉は自分の部屋で硬い表情の残る才華《さいか》と向き合っていた。

「あの……今日はありがとう相坂さん」

「良いんだよ全然。こっちこそ突然誘ってごめんね？」

「ううん、凄く嬉しかった。私、今までこんな風に誰かの家に来たことがなかったから」

才華の言葉に、茉莉はそっかと頷く。

下を向いたまま俯《うつむ》く才華の傍《そば》に向かい、頭を撫《な》でながら才華を誘った時のことを思い返す。

『我妻さん、これから家に来ない？』

あまりにド直球かついきなりの言葉に、才華はもちろん目を丸くしていた。

茉莉は甲斐に言ったように持ち前の明るさとコミュ力を生かし、才華と会話を進めることで彼女をこうして連れてくることが出来たのだが、その時に家に帰りたくないという意志を茉莉は才華から感じたのである。

（真崎君も難しいことを言うよねぇ。私のコミュ力を舐《な》めないでとは言ったけど、実は結構不安だったんだよね）

今まで全く絡みの無かった相手を誘うというのは中々ないことだが、あまりにも才華の境遇が特殊すぎたのが幸いした。

「我妻さん……才華って呼んで良い？」

「う、うん……それは良いけど」

「ありがと。その代わり、私のことも名前で呼んで？」

相坂茉莉、またの名をコミュ力モンスターと友人に言われている彼女はその雰囲気と言葉で、容易に同性の心に入り込む。

本来なら知り合いでも何でもなかった相手を家に泊める時点でぶっ飛んでいるものだが、そこには事情があったし最近何かと彼女が気にしている甲斐からの頼みというのも大きかった。

「茉莉……さん？」

「うん♪　よろしくね才華！」

「あ……よろしく……っ」

名前で呼び合うことで、茉莉と才華の距離は一気に近付く。

茉莉の笑顔は才華を心から安心させるらしく、先ほどまであった硬い表情も既に鳴りを潜め、才華はようやくこの場所の空気に慣れた様子だ。

（才華……少し肩の力が抜けたかな？）

もしそうであるならば嬉しいなと、茉莉は思いながら才華に色んな話を振っていく。

そうしてたった数時間のやり取りですっかり仲良くなったその時、才華は下を向いて自分の抱えていた苦しみを吐露した。

「茉莉さん……私……あの家に帰りたくない」

その言葉を聞いた時、茉莉はゆっくりと才華の背中に腕を回し抱き寄せた。

「詳しくは聞かないからね。でも大丈夫……ここには才華を傷付けるような人は居ないからね」

「うん……うん……っ！」

才華が暴力を受けていること、それを茉莉は甲斐から聞いている。

しかし、甲斐から自分が教えたことを伝えないでほしいと言われているのもあるし、わざわざ茉莉の方から才華の苦しみを引き出す必要はないと考えている。

（それでも何かしてあげたいとは思うけれど……）

だからこそ、茉莉としてはとにかく才華の心を慰めてあげたい。

こんなにも体を震わせて家に帰りたくないと言った彼女が、少しでも気を休めてくれればと茉莉は願う。

「茉莉さんは……温かいね」

「そうかな？　才華も凄く温かいよ？　それに凄く良い匂いがするよ？」

「に、匂い……？」

「あははっ」

辛そうな表情から一転、驚きと恥ずかしさを合わせた表情をする才華に茉莉は笑う。

もう大分打ち解けてきたようだが、それでもまだまだ才華の心内を引き出すには早すぎる……そう茉莉は思っていたが。

「茉莉さん……私のこと、話しても良い？」

そうボソッと才華が呟いたのである。

彼女の瞳は真っ直《ます》ぐに茉莉を見つめており、そこには不安と……そして救いを求める色があった。

「良いよ、話してみて？」

茉莉は優しくそう言い、もっと才華が落ち着けるようにと更に強く抱きしめる。

そうして才華は話してくれた——自分の身に起きていたことを、既に終わってしまっている両親との関係を。

「……いきなりごめんなさい。こんな話をしてしまって」

「ううん、そんなことないよ。ありがとう話してくれて……頑張ったね才華」

「っ……」

茉莉の言葉に、才華は大粒の涙を流す。

「私……何も言えなくて、ずっと我慢してて……良くしてくれるお祖父《じい》ちゃんとお祖母《ばあ》ちゃんにも言えなかった」

「うん」

「心配を掛けたくなかった……迷惑を掛けたくなかった……でもずっと助けてほしくて……誰でも良いから助けてほしいって……っ」

助けを求めるその姿は幼い子供のよう……茉莉はこれくらいは良いだろうと、そっと囁《ささや》いた。

「大丈夫だよ才華。才華を助けるために、動いてくれている人が居るからね」

「え……？」

驚く才華の姿も当然だ。

茉莉としても甲斐がどのように動き、どのように才華を助ける手を差し伸べるのかは分かっていない……けれど、茉莉は分かるのだ――彼の言葉は嘘《うそ》を吐《つ》かない、彼は必ずこの苦しんでいる女の子を救うのだと心が分かっているのだから。

「だから大丈夫……大丈夫だからね」

その優しい声に才華は徐々に体を震わせていき、茉莉の胸元に顔を埋めて涙を流す。

茉莉はパジャマが濡《ぬ》れてしまうことも気にせず、才華が落ち着くまでずっと抱きしめ続けるのだった。

「あ、ありがとう茉莉さん」

「ううん、良いんだよ全然」

そこからはもうお互いに笑みを浮かべ、才華の口数も増えて行った。

完全に友人と言っても差し支えないほどの空気を纏《まと》う二人だからこそ、こんな話にも発展した。

「茉莉さん……ちょっと不思議な話をしても良い？」

「良いよ」

「私ね……ずっと自分って何だろうって思ってたの。私みたいな人間の価値とか、生きる理由って何だろうって」

「うん」

「でも……そんな私を励まして、必要としてくれる人の夢を見たの」

「あ……」

夢、その言葉は茉莉にとっても親近感を抱く言葉だ。

夢の中で誰かが優しい言葉をくれるだけでなく、自分のことを心から求めてくれる……

一切の壁がないまっさらな心で接してくれる誰か、その夢を忘れられないのだと。

「それ、実は私もなんだ」

「そうなの……？」

こんな偶然……本当に偶然なのだろうか。

茉莉はそう考えたが、お返しと言わんばかりに自分が見た夢のことを才華へと話す。

お互いに似通った夢を見たという共通の話題は、茉莉にとって更に才華への親近感を持たせたほど——仲睦《むつ》まじい二人の様子に、先ほどまで残り続けていた硬さと暗い雰囲気は完全になくなっていた。

「すっかり仲良くなれたね私たち」

「うん……実を言うと、もう卒業まで仲の良い友達なんて誰も出来ないと思ってたから」

「それは言い過ぎじゃない？」

「言い過ぎなんかじゃないよ。だって私……こんなだから」

才華と話をする上で分かったことの一つ、それはとにかく自己肯定感の低さだ。

「私は……根暗のブスだから」

根暗のブス……？

はて、それは冗談か何かだろうかと茉莉は本気で首を傾げた。

長い前髪を上げて露《あらわ》になっている顔立ちは整っており、パジャマに包まれているスタイルだって抜群だ。

多くの女の子が求めて止まない物を持っている才華に、まずは自信を持たせることが重要だなと茉莉は思った。

「才華はブスなんかじゃないよ。凄く可愛《かわい》いじゃん」

「そう……かな?」

「本当だよ。それにこんなにスタイルも良いし!」

「スタイルはその……ふふっ」

「あれ、そこで笑うんだ?」

「うん……夢のあの人も同じことを言ってたから」

「へぇ、そりゃ気が合いますなぁ」

気が合う……本当にと茉莉は笑う。

何故、この話を聞いた時に彼の姿が……甲斐が浮かんだのかは分からないけれど、茉莉は直感で何か繋《つな》がりがあると考えたのだ。

(不思議だなぁ……けど、だから私たちはこんなに早く仲良くなれたのかもしれないね)

たとえどんな形であれ、茉莉にとってこうして才華という新しい友人が出来たことは喜ばしいことだ。

これから先、何となくだが長い付き合いになる気がしている。

そうなると必然的に甲斐の存在も傍にあるのかもしれない……それを想像するだけで茉莉の胸は躍った。

「……茉莉さん」

「なあに？」

「私……今凄く心が温かいよ」

「そっか。じゃあもっと温かくしてあげるね」

ぎゅうっと、茉莉は強く才華に抱き着く。

ここまで仲良くなれたなら自分のことも軽く話してみようかと、茉莉は自分が受けた痛みを話すことにした。

「ねえ才華、実はね――」

こうして、一つの夜が過ぎていく。

七章 これでまた決着だぜぇ！

SAIMIn APP de yumeno HAREM seikatsu

我妻《あがつま》の父親と遭遇した翌日、俺は催眠状態の彼女から聞き出した住所へと向かっていた。

向かう先は我妻の祖父母の家であり、目的はもちろん我妻のことを伝えることで、彼女を救う最後のピースを揃《そろ》えるためだ。

「…………」

とはいえ……少しだけどうしようかと悩んだのは確かだった。

我妻は祖父母を心配させたくないからとずっとこのことを黙っていた……だからこそ彼女を助けるためとはいえ悩んでいたのだ。

では、何故こうして祖父母の下に俺は向かっているのか——まあ、俺の勝手な思い込みみたいなもんだ。

『心配を掛けたくなかった……迷惑を掛けたくなかった……でもずっと助けてほしくて……誰でも良いから助けてほしいって……っ』

昨晩、スマホを見つめながら今日のことを考えていた時、確かに我妻のそんな声が聞こえた気がした。

「……声が聞こえるなんてあり得ないし、俺の妄想みてえなもんなのにな」

そう……これはただの妄想みたいなものだから、俺がこうしてやろうとしていることは彼女の気持ちを無視した自己満足——でもま、元々好き勝手やるってのが俺の信条だし何を悩む必要がある？

それでも少し考えた後、俺は覚悟を決めて歩き出した。

「ここか」

少し迷いはしたものの、目的の場所に着いた俺は辺りを見回す。

するとちょうど、犬の散歩をしていたお婆《ばあ》さんが俺の姿を目にした。

「あら、うちに何か用かしら？」

「……えっと、はい……おはようございます」

「おはよう。すまんねぇ私ももう歳《とし》でね……顔を覚えてないのだけど、どなただったかしら」

流石《さすが》に……ちょっと緊張しちまってるか。

とはいえうちに何か用かと言っているので、この人がまず目的の一人なのは確かだろう。

「いきなりごめんなさい。俺、我妻才華《さいか》さんと同じ学校に通っている者なんです」

「あら、才華と同じ学校の子なのね」

ビンゴ、やっぱりこの人が我妻の祖母らしい。

見た目から感じる物腰の柔らかさや、雰囲気からも優しさが垣間見《かいまみ》えるので、我妻の話通りの人みたいだ。

この人なら安心出来そうだと思い、早速我妻のことを話そうとしたら今度はまた別の声が掛かる。

「おや、誰か来とるかの？」

流れからして家から出てきたこの人は祖父だろうな。

まるで示し合わせたように祖父母集結はちょっと圧倒されるけれど、ここまで来たら後はもう目的を達成するだけだ。

「我妻のお祖父《じい》さん、そしてお祖母さんに今日は用があって来ました」

「才華じゃと？」

「……なに？」

俺は頷き、言葉を続けた。

「お孫さんが虐待を受けていること、それを伝えに来ました」

「え……？」

録画していた映像と、共に我妻の現状を説明する。

いくら録画という確固たる証拠があるとはいえ、流石に疑われるかと思った……もちろん二人ともあり得ない物を見るような目をしていたが、実は録音していた我妻の声も聴かせたのが決定的だった。

二人とも我妻を助けるために動いてくれることを約束してくれたが、今の今まで気が付けなかったことを悔やみ涙を流した。

「我妻は今、俺のクラスメイトの女の子の家に泊まっていますのでまずは安心してください。それとこの録画データも渡すので、如何様《いかよう》にも使ってください——どうか我妻を、あの家から助けてあげてください」

俺はそう締め括《くく》り……一応相棒を使って祖父母の本心を聞き出した。

確かに二人とも我妻のことだけじゃなく、息子である父親やその妻のことも大切にしていたみたいだが、それ以上に孫である我妻のことを心配していた……つまり、この祖父母は我妻のために間違いなく動いてくれることが証明された。

その後、俺はその場から離れ近くの自販機でジュースを買った。

「話の分かる老夫婦で助かったな」

本当にその通りだった。

色々と我妻に話を聞き、そして相坂《あいさか》にも協力してもらっての準備が忙しかっただけに、これで終わりなのかと少し呆気《あっけ》ない気分だ。

しかし逆に考えれば変に拗《こじ》れることなく、最短ルートで俺が実現したかった未来を手繰り寄せることが出来たと考えれば良いか……もちろんこれで完全には決着しなかったとしても、その時はその時であの父親に凄《すさ》まじいほどの罰を与えれば良い。

「……はぁ、どうしてこうなったんだか」

買った炭酸ジュースを一気飲みして気分が悪くなるというハプニングはあったが、俺はスマホを操作して相棒を起動させる。

「俺はただ……エロいことが出来ればそれで良かったはずなのに。まさかこうして催眠アプリをきっかけに人助けするなんてな」

こればっかりは俺の天才的な頭脳……いや、調子に乗るのは止めよう。

俺の思い描いていた酒池肉林桃色パラダイスからは程遠い……でも、不思議なほどに大きな達成感のようなものがある。

今の我妻はもちろん、相坂の時だって同じだった。

「取り敢《あ》えず我妻のことはあの祖父母が引き取るかな……高校生になってからあれだったわけだし、あの父親は絶対に更生なんてしないだろ」

娘に対して手を出してやろうかとまで言ったんだあの人は。

そしてもちろんその言葉もバッチリ映像には残っていて見せたので、今後何があってもあの父親の下へは絶対に帰さないはず。

引っ越しとか諸々《もろもろ》あるだろうけど、極端に離れているわけじゃないので我妻の方も急激な環境の変化とまではならない……そこも安心だな。

「ちょい……見に行ってみるかな」

あれから一日経ち、相坂のこともそうだが彼女の下で過ごした我妻がどうしているのかも気になる。

もしかしたら家に近付けば見ることが出来るかもしれない。

そう思った瞬間、俺はすぐに自転車に跨《また》がりペダルを漕《こ》ぐのだった。

「ま、連絡先は知らないけど家の位置は分かるしな」

本当にちょっとだけ……先っちょだけ気になっただけだぜ？

素通りする時に一瞬でも見られたら御の字、そうでなくとも学校が始まったら……流石にそれだと今日とか気になって寝られない可能性大かも。

そんなことを思った俺だったが、その悩みも不要だった。

何故《なぜ》なら相坂の家に着いた時、ちょうど玄関から彼女たちが顔を出す瞬間だったから。

「あ、真崎《まさき》君！」

「……おう相坂、偶然だなーちょうどそこに立ち寄っててさー」

どんだけわざとらしいんだ俺、ただの大根役者じゃねえか！

俺の素晴らしい棒読み挨拶を聞いても相坂は笑顔を絶やさず、傍《そば》に駆け寄ってくる。

そして、ボソッと耳元で囁《ささや》いた。

「実はさっき、才華のスマホに彼女のお祖父さんたちから連絡があったんだよ。上手《うま》く行ったみたいだね真崎君」

「……そっか」

自転車の移動であれからそこそこ経《た》ってるし、連絡をするくらいの時間はあったか。

「ちなみに、真崎君が動いてくれたことは才華知っちゃったよ？　電話で誰が教えてくれたとか話してたから」

どうやら我妻は全部知ってしまったらしい。

……どうしよう？　俺が何故知っているのか、どうしてあそこまでの物を用意できたのかきっと気になるはずだ。

今から理由を考えようにも……う〜ん、マジでどうしよう。

「そういや俺から情報があったって言うのは止めてくれって、相坂の時みたいに伝えてないし仕方ないか……ま、事が事だしな」

「それなら仕方ないね」

「……俺さ、なんでそんなこと知ってんのって我妻からストーカー認定とかされたりしない？」

「その心配は無用じゃない？　だって才華ったら凄く安心してたし、それに真崎君にお礼が言いたいって言ってたから」

そうなのか……なら良かった。

取り敢えずどうして知ってるのか聞かれた時のために、必死に脳みそ振り絞って理由を考えるとして……まずは我妻と向き合おう。

「ってそうだった。実は私たち、買い物に行こうとしてたんだけど……真崎君と会えたなら一旦止めとこっか」

「え？　そうだったのか？　なら行ってきなよ。その……それとなく様子を見れたら良いかなくらいで来ただけだし」

そう言ったらすぐ、相坂が俺の手を取った。

「そんなこと言わないでよ～。ほらほら、積もる話もあるだろうし真崎君を中へご案内～！」

「ちょ、ちょっと!?」

そのまま抵抗空《むな》しく俺は家の中へ引っ張り込まれるのだった。

合法的に美少女の家へ入れたのに何だろうこの感覚……嬉しいって気持ちよりどうしようって気持ちの方が強いかもしれん。

考えてみれば二度目の訪問か……そのまま相坂の部屋に通され、彼女は飲み物とお菓子を取ってくると言って部屋を出た……つまり、残されたのは俺と我妻の二人だけ。

さてどこから話をしようか、そう思った俺に我妻がゆっくりと頭を下げてきた。

「お祖父《じい》ちゃんとお祖母《ばあ》ちゃんから話を聞いたの……真崎君が私のために動いてくれていたことを」

「あ～……うん」

「ありがとう真崎君……私……今まで誰かに助けてもらうことがなかったからどう言葉を伝えれば良いのか分からなかったけど……ありがとうって言葉を最初に伝えようって思ってたの」

最近、ありがとうって言葉を聞くことが増えたなって嬉しいような悲しいような……そんな微妙なことを思いつつも、どういたしましてと伝えた後にこう続けた。

「俺は特に何もしてないよ。我妻をまずあそこから引き離せたのは相坂の協力あってこそだし、君の父親に話を聞いてからお祖父さんたちにこういうことがありましたって伝えただけだから」

「そんなこと……」

「そんなことなんだよ——結局、後はもう俺みたいな子供の出る幕じゃないからさ。ここからは君のお祖父さんとお祖母さんに任せるだけだし」

相棒の力でどんな難しいことでも出来ると言えば出来る……しかし、今回のような問題に大人の力は必要不可欠だからなぁ。

その意味では、俺がやったことは解決のためのきっかけ作りでしかないんだから。

もしも相棒が俺の言葉一つで世界そのものを改変出来る力を持っていたなら……いや、流石にそれは俺の方が怖くなるよ。

「だから我妻、もう大丈夫だからきっと」

「……うんっ」

相変わらず前髪のせいで目元は見えないけど、我妻が笑ってくれたような気がして俺としても嬉しかった。

……とはいえ、問題はここからだぞ。

「えっと……どうして俺が君のことを知ったかだけど——」

実を言うとまだ言葉は纏《まと》まっていないものの、相坂の時にもちゃんと理由は話したからな……でもあの時と比べて、そう簡単に知れる情報じゃないのが頭を悩ませてくる。

相坂の時のように偶然知ったから……安直だけど、これで行くかと思い言葉を続けようとしたが、それを止めたのが我妻だった。

「真崎君が私を助けてくれた……手を差し伸べてくれた……それだけ分かってれば良いの」

「えっと……俺が言うのも何だけどそれで良いのか？」

「うん……だって真崎君の声は嘘《うそ》を吐《つ》いてないと分かるから」

「俺の声……？」

なんだかデジャブを感じる言葉だな……。

まあでも、我妻の言葉は俺にとって都合が良かったし助かった……ならもうこの話は終わりで良しとしよう。

「相坂の家に泊まったの楽しかったか？」

「うん。凄く楽しかった……茉莉《まつり》さん、凄く優しかったよ」

「そうか……うん？」

「どうしたの？」

いや……そういえば二人とも、お互いに名前呼びしてない？

「玄関から気になってたんだけどさ。相坂も我妻も名前呼びしてる？」

「あ、うん……昨日茉莉さんから提案されたの。寝る前に呼び捨てにならないかなって言われたけど、ちょっとまだ難易度は高い」

「ほう……でも、そっかそっか」

相坂のことだから何も心配はしてなかったけれど、俺が思った以上に二人は交友を深められたようで安心する。

「相坂の奴《やつ》、コミュ力ヤバいだろ？」

「凄《すご》い……本当に凄いと思う」

「あれはバケモンのレベルだぜ？」

「バケモン……ふふっ、言い得て妙かも」

コミュ力バケモン、可愛く言えばコミュ力お化けだよあの子は。

我妻とそのことでクスクス盛り上がったのが悪かったのか、見計らったように相坂が戻ってきた。

「誰がバケモンだってぇ？」

「おっと」

「何も言ってない何も言ってない」

俺と我妻は揃《そろ》って相坂から視線を逸らす……というか我妻の奴、結構ノリが良いな。

まあそれだけ心の重荷がなくなったってことなんだろうけど。

「はい、ジュースとお菓子だよ」

「ありがとう相坂」

持ってきてくれたチョコのクッキーを口に頬張った。

甘いチョコの味が体に染み渡り、ずっと抱いていた緊張がゆっくりと和らいでいく……そう、あれでもずっと緊張してたんだ。

二度目である相坂の部屋、そして催眠状態ではない素の彼女たちと向き合っているこの空気……緊張しないわけがない。

（でも……緊張が解けるのも早かった。もしかしてあれか？　相坂には長く世話になってるし、我妻も下着姿を見たし……あ、ならこんなことで緊張しねえか！）

じゃあ大丈夫だと、完全に開き直った男が俺です。

相坂も我妻もまさか俺がその服の下を見たことがあるとは思ってないだろうし、抱き着かせたり胸に顔を埋めたりしていることも知らない。

本人たちが知らない間に実は好き勝手している……あぁこれが催眠アプリの醍醐《だいご》味《み》ってやつだなぁ！

「真崎君と才華、上手く話せたようで良かったよ」

「ぎこちなくはあったけどな」

「う、うん……」

「うんうん♪　悪くない空気だ！」

いや、こんな空気にしてくれているのは間違いなく相坂のおかげだぞ。

俺と我妻だけなら……空気が死ぬことはないだろうけど、ここまでの明るさは保てないように思える。

まあ俺からすればどっちかと二人っきりになった時点で、即座に相棒を使って好き勝手してるだろうが。

「……んで、なんだよ」

パクパクと、遠慮なしにクッキーを頬張る俺だが……ジッと見つめてくる二人の視線が気になっていた。

「ううん、何でも」

「うん……何でもない」

何もなかったらジッと見てくることはないと思うんですけどね。

二人の視線から逃れたくても、部屋の中に逃げ場はないので甘んじて受け入れるしかない……だがそこで俺は思い出す——俺には相棒の存在があるじゃないかと。

(俺たち以外誰も居ないこの空間で、しかも俺が狙っている二人が目の前に居る……絶好の瞬間じゃねえか!)

今まで一人ずつに催眠を掛け好き勝手していた俺だが、その度に間違いなく満足していた……だがしかし、俺も一人の男……そんな俺にも憧れているものがある。

ハーレムってやつによぉ!

「才華はまだ話したいこととかたくさんあるんじゃない?」

「それはそうだけど……茉莉さんもそうじゃない?」

「もちろんだよ。でもこうして一緒に居ると、時間が許す限り何でも話せるからさ」

仲良く話をしているところ済まないが、二人のこと……好き勝手させてもらうぜぇ!

サッとスマホを手元で操作し、相坂と我妻を対象に相棒を起動。

喋《しゃべ》っていた二人はスイッチが切り替わったかのように口を閉じ、ボーッとした瞳で俺を見つめ返した。

「よし、二人への催眠成功っと……ふへっ」

俺の命令を待つ人形と化した二人……これは圧巻だ。

相坂と我妻、二人ともセーター姿で体のラインがくっきりと見えているということで、

大きな胸の膨らみもバッチリだ。

正直、こうして眺めているだけで目の保養だし満足しそうになってしまうが、ここで何もしなければ男が廃る。

「相坂、我妻も……えっと……隣に来てくれ」

「うん」

「分かった」

指示に従う二人はゆっくりと近付き、俺の両サイドへ腰を下ろした。

ふんわりと漂う二人分の甘い香りに脳が痺《しび》れそうになり、俺の内側に眠る獣を呼び起こそうとしてくる。

内なる衝動を必死に抑え込み、更なる要求を口にした。

「そのままもっと俺に体を押し付けて、腕を抱くようにして寄り添え」

言葉が終わった瞬間、両腕に柔らかな物が押し当てられた。

腕を抱くように寄り添えというオプションが加わることで、俺の腕を最適な形で抱くために相坂と我妻は多少体を動かす。

するとどうなるか、分かるかベイビー。

「ふぉ……ふぉおおおおおおっ!!」

それは正に生きながらの天国に等しかった。

今まで片方でしか感じられなかった至高の柔らかさと温《ぬく》もりが今、俺の両方から押し当てられている。

これこそ俺が想像していたハーレムを体現した王様じゃないか！

「……真崎君？」

「……泣いてるの？」

あ、あまりの感動で涙が出ちゃったわ。

涙を拭かないといけないのに腕を離してほしくないので、俺は涙を引っ込めるために表情を引き締める。

視線の向こうの姿見には俺と彼女たちが映っており、スタイル抜群の同級生に抱き着かれている俺は鼻の下を一切伸ばしたりせずに、真顔で涙を流すという奇妙な光景である。

「二人とも、俺は心から感動してる。まさか生きてる内にこんなハーレム気分を味わえるなんて思わなかったからさ」

そう言って腕を離してもらい、今度は俺が二人の肩を抱いた。

こうすることでこの二人は俺だけの存在なんだと言っているような、俺だけが独り占め出来るんだと心が躍った……もうね、一人だったらたぶん踊りまくってる。

「いつでも味わえるじゃん」

「こうしたらいつでも」

「そうだなぁ……でも学校だと頻繁には難しいだろうし、今をたっぷり楽しむぜ！」

催眠アプリ最高！　相棒最高！　人生最高！

もはや有頂天を通り越した俺は無敵だった……そのままの勢いでこんなことまで口にしたのだから。

「二人とも、その胸で俺の顔を挟んでくれ」

「おっけ」

「任せて」

短い返事の後、俺は左右から頭を挟まれ……思わず昇天しかけた。

こうして二人の大きな胸でサンドイッチされることで、腕を抱かれた時よりももっと分かりやすく柔らかさを感じたのだ。

「本当に相坂も我妻も運がねえよなぁ。俺みたいな奴に目を付けられてこんなことをさせられてるんだからさ！　本当の俺はこうやって女の子を好き勝手する野郎なんだからよ！」

気分が良い……あまりにも良すぎて何でも出来そうだ。

もちろんそんなことを考えても暴走しない、如何《いか》に人間は欲望に忠実かつスマートに生きるかが大事なんだから。

「ムニムニってしてもらえる？」

「ムニムニ？」

「……ムニムニ」

ムニムニってなんだよ……自分で言って恥ずかしくなりやっぱり良いやと言おうとしたら、なんと相坂と我妻の二人は俺の言葉の意味を汲《く》み取ってくれたのである。

「こうかな？」

「こう……だよね」

ムニムニとは読んで字のごとく、この状態で体を動かしてもらうことによって発生する胸の歪みを楽しむことだ。

二人が思い思いに体を動かすことで、俺の顔を挟みながら四つの膨らみが好き勝手に形を変えていく――今正に、俺は好き勝手したい女の子の胸に好き勝手されているというわけだ！

「……ふぅ」

そして、しばらくそれをしてもらった後……俺は落ち着いていた。

この落ち着きは心から満たされたが故であり、今までの人生で感じたことのない幸福を味わった顔をしていることだろう。

「すっげえ楽しくて嬉しいし、これ以上ないほど満たされてるんだけどその反面……俺に友好的な態度で接してくれた二人への申し訳なさはなくなってくれないんだ。やはりまだまだ真の悪党への道は遠そうだ」

「申し訳なく思わなくて良いのに」

「喜んでほしい……その優しい心に応えたいから」

優しい声、優しい心って二人は良く言ってるな……俺にそんなものは欠片《かけら》もないし言われたところで背中が痒《かゆ》くなるだけだが、そこまで言ってくれるなら申し訳なく思わないでおくぜ。

(でも……相棒の力で相手は嘘《うそ》を吐《つ》けない。時折思うけど、こんな風に今の彼女たちが友好的に接してくれるのはどっちの意味なんだろうか)

これぱかりは謎が深まる。

催眠アプリの力で相手は嘘を吐けない、なのでこの状態の相手が喋《しゃべ》ることは全て真実であり本心だ。

けど……素《す》の彼女たちは催眠アプリを知らない。

そして俺がこんないやらしいことをしていることも知らない……もし知ってたら罵声を

浴びせてくるのが普通だろうし、やっぱりこの状態とそうでない時の彼女たちは所謂《いわゆる》二重人格みたいな感じなのかな？

「……分かんねえな」

「何が？」

「⁇」

「ふみょん……っ！」

分からねえとそう漏らした瞬間、むぎゅっと更に強く胸が押し当てられ情けない声が出てしまった。

二人とも疑問に思ったからこそこうしているわけだろうけど、まるで俺のしてほしいことを学習してくれているかのよう……二人とも本当に催眠に掛かってるよね？

顔面を包み込む柔肉から顔を這《は》い出させ、俺は改めて二人の目を慎重に確認した。

「……催眠状態だな。それに仮に解けてたらこんなことされねえよな、何回も思ってるけど」

もし正気でこれをしてくれるなら事件だよ事件。

「もう良いの？」

「まだしてあげる」

二人の間から抜け出したのに、二人とも俺が止めるなと言っていないためもっとしてあげると言わんばかりに体を寄せてくる。

そこまで言うならもっと堪能してしまおう……そう思ったが、二人同時に催眠状態にしているせいでスマホの消耗が凄《すさ》まじく、事故を懸念しおっぱいサンドイッチは止めてもらった。

「いやぁ満足満足最高だったわ」

電池の消耗が激しくなるのは仕方ないけど、相棒の力は同時に三人まで発動することが出来る……つまり、今のやり取りにもう一人加えることが出来るということだ。

「……ふへ……ふへへっ」

両サイドから腕を抱かれるのもそうだが、さっきの顔面をサンドイッチしてもらうとまだ余ってる場所があるよな？　そう俺の正面だ……ここにもう一人来てもらえば最高のシチュエーションが完成する。

「けど二人でこれなら三人だと電池の消耗が圧倒的にヤバそうだ……正に諸刃《もろは》の剣か」

最高の瞬間だからこそ楽しめる時間も短いと……まあでも、流石《さすが》に無制限だとありがたみがなくなっちまう。

「なんにせよありがとな相棒……俺の下に来てくれて」

今になっても本当にどうして相棒が俺の下に来たのか、それはずっと消えない疑問として俺の中にある。

もしかしたら俺は何かがあってずっと眠ってて、自分の欲望が叶《かな》う世界の夢を見続けているんじゃないかとか、そんな怖いことをふとした時に考えることもあるんだ。

まあでも、それは俺の考えすぎだろう。

だってこんな鮮明な夢があるわけないだろうからな。

「……後少しで電池は完全に無くなるか……終わりかぁ」

残念だ……本当に残念だ。

もっともっとこの最高の空間を楽しみたかったところだけど、それならばと俺は我妻へと視線を向けた。

「我妻、まだ最終的にどうなるかは分からないけどもう前みたいなことにはならないだろうさ。お祖父《じい》さんとお祖母《ばあ》さんがきっとどうにかしてくれるだろうし、俺だって力になる――だからまた催眠を掛けた時、必ず何かあったら俺に言うんだぞ？」

「っ……分かった」

「自分の価値は何なのかってもう言うんじゃないぞ？　そんなに価値が欲しいなら俺のために生きてくれよ。これからもずっと今日みたいに俺をたっぷり癒《いや》してくれ」

「うん……それが私の生きる意味……真崎君に恩返ししたいからたくさん癒してあげるね」

俺が口にした生意気すぎる言葉はともかく、我妻が催眠状態でなければ相思相愛の言葉なんだろうけどねぇ……でもこんな言葉を実際に言われたとしたら愛が重たい気がしないでもない。

「それと相坂、今回のことは本当にありがとう。君の方も、何かあったら催眠の時間に必ず俺に言うこと——必ず力になる」

「あぁ……うん。ありがとう真崎君♪」

我妻と違い、感情の乗った声で相坂はそう言った。

これ……やっぱり催眠を掛け続けることで何かしらの変化をその人に及ぼしている？　う〜ん……分からないことだらけだけど、何度も言っているが素の状態の彼女たちがこんな反応をするわけがないし、こうやって俺の言葉に嬉《うれ》しそうにしてくれるとちゃんと催眠は効いているんだと安心出来る。

その後、催眠を解いて本当の彼女たちが戻ってきた。

「ほら甲斐《かい》君、お菓子まだあるから食べてよね！」

「これめっちゃ美味《うま》いわ。遠慮しないけど良いのか？」

「もちろん！　才華もたっぷり食べてよ？」

「……あまり甘い物を食べ過ぎると太っちゃう」

太る……？　お腹《なか》じゃなくて胸に行くって意味かな？

流石にそれ以上大きくなることはなさそうだけど……確かにそれ以上大きくなったら色々と大変そうだ。

「気にしすぎじゃない？　まあでも、女の子としてその気持ちは分かるから無理強いは止めとこっかな」

「ごめんね茉莉さん」

「もう、そう何回も謝らないの！」

「ご、ごめん……」

「……はは っ」

つい、二人のやり取りを見ていると笑みが零《こぼ》れた。

我妻に関してはもう、本当に心のケアなんかが必要ではないくらいに元気な笑顔を見せてくれている。

(俺が二人に言った言葉は嘘じゃないからな。俺のエロエロなパラダイスを守るために、二人のことは何があっても守るさ)

だから二人とも、これからもずっと好き勝手させてもらうから覚悟してくれよ！

改めてそんな決意をした後、俺は二人に別れを告げて帰るのだった。

▼▽

その日の夜、ベッドに横になって俺はスマホを眺めていた。

俺の連絡先に新しく加わった相坂と我妻の名前に、俺はさっきからニヤニヤが止まらない。

『あ、そうだ！　真崎君、連絡先交換しようよ』

『私も……交換したい』

別れ際、こんなやり取りがあった。

俺としては断る理由はなかったし、物凄《すご》い勢いで頷《うなず》いていた気がする。

そんな風に二人の名前にニヤニヤしていた俺は、ふと思い立って催眠アプリを起動させ
……おやっと首を傾げた。

「なんだこれ……」

それはアプリ内にある不思議な画面だった。

真ん中に真崎甲斐と俺の名前が書かれており、そんな俺の名前に向かってピンク色の糸

と黒い糸が伸びようとしている。

「……⁉」

ピンクの糸は……何となく落ち着く気がする。

対して黒い糸は……とても不安な気持ちにさせてくる。

「これが何なのかはともかく、中央に俺の名前があるのは所有者だからなのかな……？」

中央に名前があり、周りから何かが近付こうとするこの構図……どこかで見たことがあると思い考えていると、呆気《あっけ》なく答えが出た。

「そうだ……漫画とかゲームとかで見るキャラの相関図だ」

そうそう、これはまるで相関図だ。

まだこの画面には名前が俺だけしかないものの、ピンクと黒の糸が伸びる元々の場所は名前が入りそうな枠がある……だとしてもこの黒い糸はあまりにも不気味だ。

俺はこの画面が気になりすぎてしばらく眺めていたが、何も分からなかったので途中で考えるのを止めた。

「……ふわぁ」

今日はずっと駆け回ったし、その後に相坂たちと素晴らしい時間を過ごせたことで大分疲れが溜《た》まっているらしい……他にも色々溜まってはいるんだろうけど今日はもういいや。

「…………」

じっとしているだけで段々と瞼《まぶた》が重くなり、意識が遠のいていく。

まだ電気を消してない……若干トイレにも行きたい気分だから、このまま寝たら夜中に不快な尿意で目を覚ますかもしれない。

それでも既に俺は限界だった。

「おやすみぃ……むにゃ」

そうして眠った俺は、不思議な夢を見るのだった。

▼▽

それが夢であると気付いたのは直感だ。

何故《なぜ》なら俺は自分の部屋で寝た記憶がバッチリ残っているし、辺りが不自然なほど暗闇の世界だったので夢だと気付けた。

「……なんだここは」

夢が夢であると分かったのであれば、この暗闇も怖くはない。

ただ夢特有の現象として体を動かしたいのに全く動かないこの感覚はどうにかならないものか……走りたいのに走れず、腰くらいまで水に浸《つ》かっているようなこの感覚はやっぱり気持ち悪い。

『くくっ、やっぱ女の体は最高だぜ』

それは唐突に聞こえた声だった。

声の方向へ歩みを進めていくと、暗がりの中に小さな明かりが灯《とも》されその場が露《あら》わとなり……俺はえっと声を出す。

「……わお」

そこには女性の体に触れる男性が居た。

男性の手にはスマホが握られており、女性は男性が弄《いじ》ってくる手に一切の反応を返さずボーッとしている。

『催眠アプリ……これは神から僕への贈り物だぁ。へへへっ、この力があれば女を好きに操ることが出来る……こんなことも出来るんだぁ』

それは正に、俺がふと見かけた催眠アプリ物の漫画を再現するような光景で、男の方は身嗜《みだしな》みもきちんとしておらず涎《よだれ》も垂らして……ある意味で主人公みたいな姿をしていた。

「まあそういうことしたくなるよなぁ……うんうん」

現に俺も女の子の体に触ったけどねぇ！

しかし、この男は俺よりも先の次元に行っているらしい――何故ならそのままアレをおっぱじめたからである。

俺がそうしたいと思ったものの、結局まだ出来ていない領域……あの男は俺よりも遥《はる》か先を歩いているということで少し悔しさを覚えたが、それ以上に気になったことがあった。

「なんか……違うんだよな」

相棒の力で俺は相坂と我妻に好き勝手触れていた。

己の欲望を満たすために色々してもらい、自分のヘタレさに絶望しながらもそれ以上の楽しみがあった……俺とこの男がやっていることは程度の差はあれど、紛れもない外道の所業だ。

なのにどうして、俺は違和感を覚えているんだろう？

抵抗出来ない女性は言葉も発していなければ体も動いていない……しかし、その目はバッチリと男を捉え……睨《にら》み付けている。

(不思議だな……目の光はないから意志がないのは分かってる。あの状態は相坂や我妻と同じ……でも睨み付けているのが分かる……まるであの男を殺してやりたいっていう憎しみが見えるみたいだ)

そんな女性の視線に気付かず、男は己の欲望を満たすためだけ……もしかして俺も端から見たらあんな風なのか？

だが少なくとも、俺はあのような目を相坂たちに向けられたことはなかったはず……やってることはお互い最低な行為なのに、俺とあの男の違いは何なんだろう。

「……ま、所詮は夢か」

でももし、俺がお楽しみの時にあんな目を向けられたら……流石《さすが》にやる気なくなっちまうなぁ。

「うん？」

いつまで俺はここに居るんだと文句を言いたくなった時、手を出されている女性から黒い糸が伸び始めた。

「え……あれって」

その黒い糸は見ているだけに気分を害する気持ち悪さがある。

これは正しく俺がスマホで見たあの糸に似ている……その黒い糸は男を包み込み、圧縮するように縮んでいき消えた。

残された女性は俺を見て手を伸ばす。

一歩、二歩とその手から逃れるように後退したところでハッと俺は目を覚ますのだった。

「………………」

チラチラと周りを確認し、自分の部屋であることを認識する。

俺としては妙な夢を見たことで寝起きは最悪かと思いきや、体の疲れは全て取れているようで睡眠時間自体はバッチリだったらしい。

部屋の電気も消えていることから姉ちゃんが気付いて消してくれたんだろう。

「変な夢だったな……」

あの黒い糸に捕らわれた男はどうなったのか……ま、所詮夢なので気にしたところで仕方ないことだ。

スマホを手に取ってアプリを起動し、俺はあの画面を呼び出す。

ピンクの糸と黒い糸、そして俺の名前が刻まれている相関図のようなもの……果たしてこれが何を意味するのか、その内分かるのかな？

「つうか黒いのはともかく、ピンク色の糸がうねうねしてるの……なんかエロいな」

なんかこう触手みたいな……いや、朝からは止めとこ。

取り敢《あ》えずまだ俺も相棒に関しては分からないことも多いし、これから何か変化があるかもしれない……その辺りは注意深く観察を続けていくしかなさそうだ。

全ては俺の桃色パラダイスのために！

「お……？」

その時、ブルッとスマホが震えメッセージを受信した。

送り主は相坂と我妻のようで、二人からおはようのメッセージが届いたんだ……俺はその文字をしばらく見つめるように感動すると共に、すぐに俺もおはようと返事をするのだった。

「朝から女の子とのやり取りはたまんねえなぁ！」

二人とも、純粋にメッセージを送ってくれたんだろうけど当の本人はこんな有様だから見せられねえよ。

「……ま、悪くないなこういうのって」

俺は、正義の味方になるつもりはない。

俺は、自分の欲望に従って彼女たちに近付きそのついでみたいな感覚で助けた部分がある……けれど、俺の行動によって少しでも彼女たちが良い方向へ進んでくれたのだとしたら、それはとても嬉しいことだ。

ちなみにスマホを見てニヤニヤしている瞬間を姉ちゃんに見られてしまい、朝からエロ画像でも見てたのかと揶揄《からか》われたのは言うまでもない。

♡　♡　♡

このアプリは使い方によっては相手に強い気持ちを抱かせます。

それが憎しみか、或《あ》いは別の何かになるかはあなた次第……どうか自分の行動には責任をお持ちください。

♡
♡
♡

八章

普通の女の子に会いたいです

SAIMIN APP de yumeno HAREM seikatsu

我妻《あがつま》の件から数日が経過した。

流石に問題が問題なだけにすぐ解決とはいかないようだが、我妻は祖父母の下へ保護されることになった。

もうここからは子供である俺の出る幕じゃないけれど、あの祖父母は我妻のことを必ず守ると、そう約束してくれたので大丈夫……彼女は、我妻は本当の意味であの環境から解放されたんだ。

『真崎《まさき》君、茉莉《まつり》さんもありがとう』

改めてお礼を言われた時、彼女の笑顔は凄《すさ》まじかった。

俺だけでなく相坂《あいさか》もドキッとするくらいの破壊力があり、しばらく見惚《みと》れてしまったのも記憶に新しいところだ。

とにもかくにも、高校生という立場で経験するにはあまりにも濃すぎる時間を過ごしたわけだが……俺が関わった女の子である相坂と我妻が揃《そろ》って元気で居てくれること、変わらず催眠状態で俺を癒《いや》してくれる今を過ごせているのは本当に幸せと言う他ない。

「最近、俺たちの親友が女の子と仲が良い件について」

「クラスで冴《さ》えない俺に美少女たちが寄ってくる件……とかなんとか思ってるんじゃないのか甲斐《かい》！」

「……うるせぇ」

好き勝手言うんじゃねえよと、軽く晃《あきら》と省吾《しょうご》を小突いておく。

まあ我妻の件だけでなく、元々相坂とも話をするようになっていたので仲良くなるのも時間の問題だったわけだ。

学校でも三人でふと集まり会話をすることが増えたせいもあってか、俺が何かをしたんじゃないかって不名誉な噂《うわさ》があったりなかったり……あまりの信用の無さにため息が出ちまう。

「はぁ……ちょいトイレ行ってくるわ」

そう言ってトイレに向かい、スッキリしたその帰りのことだ。

廊下で話をしている相坂と我妻が目に入り、彼女たちも俺に気付いて視線を向け……当たり前のように近付いてきた。

「やっほ～真崎君♪」

「お手洗いに行ってたの？」

「そうだけど、何か用だった？」

「ううん、そういうわけじゃなくて」

「才華《さいか》ったら私と話をしてる時にも探してたくらいだよ？」

「そ、それは……その……私の恩人だもん」

我妻は恥ずかしそうに、指をツンツンしながら下を向いた。

その様子に相坂が可愛《かわい》いと呟《つぶや》き、俺も同意だと言わんばかりに内心で猛烈に頷《うなず》いておく。

「恩人とかそういう風に思わなくて良いって。俺はただ、助けたくて助けただけだから」

「……真崎君」

「つうかもっとスマートなやり方とかはあったと思うぜ？　所詮、ガキの俺にはああやって証言を集めて大人に頼るやり方しか出来なかったから」

その証言集めも相棒の力あってこそ……相棒の力がなかったら果たして俺は何が出来たのやらって感じだし。

「真崎君さぁ」

「……なんだよ」

「助けたいから助けたって凄くイケメン発言なの分かってる？　それが実際に出来る人が

どれくらい居ると思ってるの？」

「それは……」

「君がどんな風に思ってるのか分からないけど、才華を助けるために動いた真崎君を私はかっこいいし立派だと思うよ」

ニコッと微笑《ほほえ》まれながら言われ、俺は照れたように頰を掻《か》く。

相坂は照れた照れたと笑いながら、いつかのように肩ドンをして更に俺を揶揄う。

「それに……私だって真崎君に気に掛けてもらった経験があるから。そういう意味でも真崎君の凄《すご》いところ知ってるからね♪」

「っ……それ以上は止めてくれ」

「や〜い顔が真っ赤だねぇ」

完全に俺を揶揄う目をしてやがる……ふふっ、そんな風に揶揄ってくるなら俺にも考えがあるぞ相坂ぁ！

まあ今日はちょっと用事があって昼休みのアレはお預けだが、明日にでもまた味わわせてもらうから覚悟しろよ！

「……それにしても」

「⁇」

俺の視線に我妻が首を傾《かし》げた。

「我妻……大分雰囲気が変わったな？」

「そうかも。髪の毛、切ったし」

そう、我妻の長い前髪が切られ目元がくっきりと見えている。

たったそれだけの変化ではあるけれど、目元が見えるだけで彼女の隠されていた美貌が露《あら》わになっている。

流石に性格そのものが変わることはないけれど、見た目の変化と雰囲気が僅かに明るくなったことで、我妻に声を掛ける生徒が増えたとか。

「気を付けなよ才華。変な男に声を掛けられたりしたら遠慮なく助けを呼んでよね」

「うん、ありがとう茉莉さん」

「うんうん！　真崎君だって助けるよね？」

「おうよ」

そりゃもちろん助けるに決まってる。

頷《うなず》き合う俺と相坂を見て我妻は更に顔を赤くして照れたが、心から嬉《うれ》しそうに笑ってくれていた。

「才華可愛いぃ！」

「ちょ、ちょっとあまり引っ付くと――」

じゃれ合う二人の美少女……おぉ、胸が歪《ゆが》んでる最高かよ！

ちなみに衣替えの時期がやってきたのもあって、涼しさを感じさせる出《い》で立《た》ちとなっている。

普段シャツの上に着ている物がなくなるだけで、微妙に見える下着の線とか、それはもう目の保養だ。

「真崎君？」

「凄く幸せそうな顔？」

「おっと、いかんいかん」

二人の声に、俺は即座に表情をキリッとさせた。

それから少し話をして我妻は自分のクラスに戻って行き、それを見送った俺と相坂も教室へと戻る……その途中のことだ。

「相坂」

「なに？」

「我妻があやって元気になったのは良かったけど、俺からしたら相坂も同じだけどな」

「え？」

俺が指を向けたのは彼女の腕だ。

腕捲《まく》りをすることで見えている綺麗《きれい》な肌……そこにあった傷痕は目を凝らして見ないと気付かないくらいに薄くなっている。

今まで隠していた場所を無意識にでもこうして見せている……それこそ相坂にとっても大きな変化なんじゃないだろうか。

「その……変な意味で捉えてもらわないでほしいんだけど——綺麗な腕だぞ？」

「……あ」

綺麗な腕って誉《ほ》め言葉か……？

いや、そんなことはどうでも良い……なんでこんなことを言っちまったんだと後悔と共に恥ずかしさが込み上げる。

俺の言葉を受けて相坂は目を丸くしたが……。

「……うん！　ありがとう真崎君！」

今まで俺が見たどんな表情よりも、綺麗な笑顔を相坂は見せてくれるのだった。

▼▽

さて、諸々《もろもろ》のことがあった最近だが！

俺は如何《いか》にして女の子に好き勝手するかを追求する外道であることを忘れてはならない。

放課後になり、俺は屋上に続く扉の前に立っていた。

向こう側では一組の男女が向かい合っており、そこでは男子から女子に対する告白劇が繰り広げられている。

「本間《ほんま》さん！　好きです！　付き合ってください！」

「興味がありません。一度も話したことがないのに、告白なんてされても困ることを分からないのですか？」

そして、瞬時に男子は振られていた。

男子の方はごめんなさいと大きな声を上げ、まるで敵陣から逃走する兵士のようにこっちに走り、隠れる俺に気付かず階段を駆け下りて行ってしまった。

「……容赦ねえな」

本間絵夢《えむ》……俺が予《あらかじ》め目を付けていた後輩の女の子だ。

男子をそこそこ強い言い方で振るということは聞いていたし、それもあって氷の女王なんて誰が言い出したか分からない異名があることも知ってたけど、実際にこんな近くで振る瞬間を見たのは初めてだった。

「氷の女王ねぇ……本人はどう思ってるんだろ」

まあそれも催眠状態にして聞けば良いかなと考え、俺は堂々と屋上へと出ていく。

「本間」

「あなたは……先輩ですよね？」

流石《さすが》に突然の登場ともなると、本間みたいなクール系美少女も驚きはするらしく、ビクッと僅かに扉の音で肩が震えたのは可愛《かわい》かった。

(喜べ本間……君が記念すべき三人目の好き勝手したい女の子だ！)

即座に相棒を起動し、本間は催眠状態となって俺をボーッとした様子で見つめる。

「よし、成功だな……なあ本間」

「はい」

「氷の女王って呼ばれてるの実際どうなの？」

「恥ずかしい以外ありますか？　言い出した人誰ですかね？」

これ……思いっきり嫌がってますがな。

催眠状態なのに僅かな怒気を見せるほど、彼女は氷の女王という異名が嫌らしい……これから先、冗談でも言わないようにしておこう。

「今から本間の家に連れて行ってくれ」

「分かりました」

「家の人は？」

「居ません。おそらく帰ってくるのは六時くらいかと」

ならちょうど良いな。

流石に同じタイミングで校舎だけでなく、学校の近くを歩いていると妙な噂《うわさ》をされる可能性があるため、ある程度本間を歩かせてから俺も学校を出て……そして無事に合流する。

「これくらいはもうお手の物だなぁ」

そうして本間の家に着き、早速部屋へと通してもらう。

相坂や我妻に続く三人目になるわけだが……正直、あまりにもご立派な家で圧倒されていた。

「……すげえな……もしかしなくてもお金持ちの家なのかな」

こういう家には絶対縁がないなと思いつつ、本間の部屋に入ると更におぉっと声が漏れた。

女の子らしい可愛らしさを感じる部屋ではあるが、それ以上に広さと落ち着きに満ちていて……本物のお嬢様みたいな部屋である。

とはいえ何を見たとしても俺のやることは一つだ！

「……ふへっ、それじゃあ早速——」

素《す》の状態で俺に接してくれる相坂と我妻に悪い……そんなことを一瞬思ったけど、ここまで来て退いちまったら男じゃねえんだ。

本間は今日初めて……やはりここには独特の緊張感がある。

さあやるか、俺はあの言葉を口にした。

「本間、服を脱いでくれ」

「はい」

すぐに肌を見るのも良いが、どんな下着なのかも観察対象だ。

ぐへへと口角が上がる俺の前で、命令を受けた本間はゆっくりと制服に手を掛けていき……そして胸元が露わとなった。

「おぉ……」

クール系美少女なのに赤という中々派手なブラ……流石《さすが》だと言いたいが流石じゃないか。

「……やっぱ本間も大きいな」

相坂と我妻ほどじゃないが……まああの二人が特別大きいってのもあったけれど、本間も中々の物を持っている。

「DかEくらいかな……つうか本当にうちの学校ってスタイル良い女子多すぎんだろ」

それだけ餌もたっぷりということで……あ、そういえば大事なことを聞き忘れてたわ。

「なあ本間、君はご両親と仲悪かったりする？」

「そんなことはありません。父も母も、私のことを大切にしてくれていますし、私も大切に考えています」

「……ほっ」

よしよし、本当に問題無さそうで俺は安心だよ。

「じゃあスカートも一気にＧＯ！」

「分かりました」

パサッと、音を立てるようにスカートが床に落ち……俺はえっと声を出して即座に視線を逸《そ》らした。

なんで……なんで!?

「な、なんでパンツ穿《は》いてないの!?」

もしかしてスカートと一緒にパンツ落ちちゃったのか!?

そう思いチラッとスカートを見てみたが、そこにパンツのような物は全く見えない……

ええ!?

「今日は一日ずっと下は穿いてません」

「……Ｗｈａｔ？」

ど、ドウイウコトナンダイ？

ごめん……何が起きてるのか全然理解出来ない——あれ？　女の子って普通パンツ穿くよね？　俺だってトランクス穿いてるよ？　相坂と我妻もパンツ穿いてたよね？　あれれ～？


「どうして穿いてないの？」

「私、Mなんです」

「……うん？　君の名前は絵夢（えむ）だろ？」

「そうですよ？」

「⁇」

おかしい……何かが嚙《か》み合ってない気がする。

本間がタンスの傍《そば》に移動し、引き出しを開けて色々な物を取り出していく。

「鎖……手錠……紐《ひも》……それにこれって……っ⁉」

何とは言わないけど見たことある玩具《おもちゃ》だぞ⁉

気のせいか誇らしげにそれを見せてくる本間に、俺は指を向けながらボソッと呟《つぶや》いた。

「まさか……変態さんで？」

「変態……そうなのかもしれません。私、誰かに責められることが大好きなんです。相手

に寄りますが襲い掛かられることを想像したら興奮してしまって……あ、匂いフェチでもありますね」

「……すぅ～」

本間の言葉を聞いた俺は深く息を吸い込み、そして唾を吐き出す勢いで叫んだ。

「なんで……なんで俺が目を付けた女の子はこうなんだあああああっ！」

おかしい……おかしすぎるだろ⁉

せっかく家族間の問題とか、何も危ない悩みを抱えていなくて安心したのに！　心置きなくスケベ出来ると思ったらこれだよ！

「むしろ絶好の相手だったかもしれん！　でも……でも俺にはレベルが高すぎるぅ！」

なあ相棒……ほんとに俺を罠《わな》に掛けようとしてないよね？

俺を操って何か事情のある女の子に近付けようとしてないよねぇ⁉

「……先輩？」

「ええい！　どうしたんだって感じに無表情で首を傾《かし》げるんじゃない！」

コテンと首を傾げた本間に俺はそうツッコミを入れる。

「突っ込むだなんてそんな……っ」

「何勝手に人の心読んで恥じらってるの!? 突っ込む……って違うからね!?」

……うん？　俺の最終的な到達点ってそこでは……？　あれ……？

落ち着け、まずは素数を数えて落ち着くんだ……1、3、5、6……やべえくっそ動揺してやがる！

「氷の女王の名が泣くぜこりゃ……まさか変態の女王とは――」

そう言った瞬間、本間の頬に赤みが差した気がする……まさか変態と言われて喜んでいるのか!? 催眠状態でさえ貫通する変態レベルなのか!?

「……おかしい……俺は一体何をしてるんだ」

俺はそう呟《つぶや》き、自身の情けなさに呆《あき》れてしまう。

だって本間は間違いなく変態……それこそ相手に無理やりされることを喜ぶような変態ちゃんだ。

それなら一切気兼ねなく好き勝手出来る相手じゃないか……それなのに……それなのに俺はぁ！

「あまりの衝撃に手を出せねえ……なんて情けねえんだよ俺って奴《やつ》は」

悩む部分が違う？　本来手を出しちゃうのがダメだって？

うるせえ俺はもうその段階はとうに通り過ぎたんだよ……通り過ぎたったら通り過ぎたんだよぉ！

「とりま服……着てくんない？」

「着るんですか？　本当に良いんですか？」

「もう良いよ！」

「……意気地なしですね」

「なんなの君⁉　マジでやったろか⁉」

「はい」

「だから顔を赤くすんなし！」

なんでこんなやり取りで疲れないといけないんだ俺は……。

頼むから普通の女の子に会わせてくれえええええええ‼

催眠アプリという超常的な力、それは果たしてどんな運命を少年に齎《もたら》しどんな結末を与えるのか……物語はまだ、始まったばかり。

手《て》に入《い》れた催眠《さいみん》アプリで夢《ゆめ》のハーレム生活《せいかつ》を送《おく》りたい

著　みょん

角川スニーカー文庫　24116
2024年4月1日　初版発行

発行者　山下直久
発　行　株式会社KADOKAWA
〒102-8177 東京都千代田区富士見2-13-3
電話　0570-002-301（ナビダイヤル）

印刷所　株式会社暁印刷
製本所　本間製本株式会社

●お問い合わせ
https://www.kadokawa.co.jp/（「お問い合わせ」へお進みください）
※内容によっては、お答えできない場合があります。
※サポートは日本国内のみとさせていただきます。
※Japanese text only

Printed in Japan　ISBN 978-4-04-114776-4　C0193

★ご意見、ご感想をお送りください★
〒102-8177 東京都千代田区富士見 2-13-3
株式会社KADOKAWA　角川スニーカー文庫編集部気付
「みょん」先生「マッパニナッタ」先生

角川文庫発刊に際して

角　川　源　義

第二次世界大戦の敗北は、軍事力の敗北であった以上に、私たちの若い文化力の敗退であった。私たちの文化が戦争に対して如何に無力であり、単なるあだ花に過ぎなかったかを、私たちは身を以て体験し痛感した。西洋近代文化の摂取にとって、明治以後八十年の歳月は決して短かすぎたとは言えない。にもかかわらず、近代文化の伝統を確立し、自由な批判と柔軟な良識に富む文化層として自らを形成することに私たちは失敗して来た。そしてこれは、各層への文化の普及滲透を任務とする出版人の責任でもあった。

一九四五年以来、私たちは再び振出しに戻り、第一歩から踏み出すことを余儀なくされた。これは大きな不幸ではあるが、反面、これまでの混沌・未熟・歪曲の中にあった我が国の文化に秩序と確たる基礎を齎らすためには絶好の機会でもある。角川書店は、このような祖国の文化的危機にあたり、微力をも顧みず再建の礎石たるべき抱負と決意とをもって出発したが、ここに創立以来の念願を果すべく角川文庫を発刊する。これまで刊行されたあらゆる全集叢書文庫類の長所と短所とを検討し、古今東西の不朽の典籍を、良心的編集のもとに、廉価に、そして書架にふさわしい美本として、多くのひとびとに提供しようとする。しかし私たちは徒らに百科全書的な知識のジレッタントを作ることを目的とせず、あくまで祖国の文化に秩序と再建への道を示し、この文庫を角川書店の栄ある事業として、今後永久に継続発展せしめ、学芸と教養との殿堂として大成せんことを期したい。多くの読書子の愛情ある忠言と支持とによって、この希望と抱負とを完遂せしめられんことを願う。

一九四九年五月三日